能不忆长安

张立 著

天津出版传媒集团
百花文艺出版社

图书在版编目（CIP）数据

能不忆长安 / 张立著 . -- 天津：百花文艺出版社，2022.12
ISBN 978-7-5306-8211-1

Ⅰ. ①能… Ⅱ. ①张… Ⅲ. ①散文集 - 中国 - 当代 Ⅳ. ① I267

中国版本图书馆 CIP 数据核字（2021）第 252491 号

能不忆长安
NENGBUYICHANG'AN
张立　著

出 版 人：薛印胜
特约策划：凌　翔
责任编辑：赵　芳
出版发行：百花文艺出版社
地址：天津市和平区西康路 35 号　**邮编**：300051
电话传真：+86-22-23332651（发行部）
+86-22-23332656（总编室）
+86-22-23332478（邮购部）
网址：http://www.baihuawenyi.com
印刷：三河市金元印装有限公司
开本：710 毫米 ×1000 毫米　1/16
字数：200 千字
印张：13.5
版次：2022 年 12 月第 1 版
印次：2022 年 12 月第 1 次印刷
定价：58.00 元

如有印装质量问题，请与三河市金元印装有限公司联系调换
地址：河北省廊坊市三河市杨庄镇杨庄村金元印装有限公司
电话：（0316）3650243　邮编：065200

君自故乡来，应知故乡事（代序）

王向辉

散文集《能不忆长安》酝酿已久，我是张立这部心血之作最重要的见证者。

大概因我专业是历史学的缘故，张立曾多次与我探讨书稿中的一些历史细节，也多次谈起在成稿过程中获得的精神喜悦与遭遇的瓶颈。很惭愧，在他跟前，我常常装得像个可以讨教的朋友，实际情况却是我在聆听和认真地学习。

我和张立都是长安人，不仅是广义上的长安人，也是狭义上的长安区人，我一直生活在他书中写到的滈河边，他则生活在书中也写到的沣河畔，这两条河很近。而书中多次写到的韦曲就成为我们精神交往的那个支点；韦曲就是我们热爱的长安城的南城文化中心。

长安无疑是一座充满故事的城市，它曾经有过辉煌，如今却稍显落寞，像极了众多朋友包括我们自己的真实人生。“长安籍”歌手许巍曾经唱道：“这是什么地方，依然是如此的荒凉，那无尽的旅程如此漫长。”

长安作为中华民族的精神家园，虽然在唐代之后衰落了，却依然是文学的圣土，这里的黄土高天滋养和激励着无数的志士仁人，人们为它心醉神迷，张立就是其中的一个。

张立是这座城市历史文化坚定的宣传者，虽然他本来学的专业与历史文化相去甚远，但这丝毫没有阻挡他为脚下这片土地，为它的衣冠文物笔耕不辍的热情。说真的，我一直很佩服他对家乡往事的这份执着，在他身上，我也见证到了“高手在圈外”这句话的准确与精辟。

人到中年的文学青年，大概对北岛的名句“那时我们有梦，关于文学，关于爱情，关于穿越世界的旅行。如今我们深夜饮酒，杯子碰到一起，都是梦破碎的声音”都心有戚戚。身边的人大多日渐孤僻与懒散，更多的人处于一种隐居状态，为恐惧和疲倦主宰，但总有一些人还未放弃最初的理想，并如孩童一般可爱地坚守着，我认识的张立，就是如此。

结识张立大约是在七八年前，那天似乎是个明朗的秋日，在长安广场一场文友聚会散场时，有个样貌憨厚的小伙子姗姗来迟。内向的我竟然主动上前和他打了个招呼，我们握手寒暄，那小伙子笑得很纯粹，他自我介绍叫张立。

共同的文学情怀，共同的历史兴趣，都迷恋电影，那次相识之后，我和他的交集自然而然多了起来。主要是在作协、文联组织的小型活动中不期而遇，他总是很谦虚也很热情地与我探讨掌故，分享对文学、电影、社会的思考心得。几次深入晤谈，他对某些史实的熟稔让我这个科班出身的所谓学者惊讶不已。

张立的家中放满了书，文、史、哲、美学、思想一应俱全，而且他是真的爱读书，绝非叶公好龙。他爱人告诉我，张立每天醒来，洗漱完毕后的第一件事必定是阅读。他青春时期留下的日记本、抄录本积攒了厚厚的二十几本，勤勉令我望尘莫及。

他的阅读面很广，尤其喜欢读文史哲，读得很是用心，因此见识过人。他不事寻章摘句，文章敢于针砭时弊而不偏激，言谈敢于指点江山并不随风，可谓有担当的真文人。

我是许久不读诗的人，张立送给我他的诗集《时光漫步》，我看过几眼，竟自被其中流淌的纯真感情打动了。可能诗歌的行家会觉得他的诗缺乏一定的艺术性，而我觉得纯挚情怀远比所谓技巧令人着迷，很美，怪不得孔夫子赞叹："《诗》三百，一言以蔽之，曰：'思无邪。'"张立的诗歌是纯挚的，不矫情，不做作，而且充溢社会关怀的精神与力度，这唤起我相当的共鸣。

前几年，我的日子过得并不容易，经常为家中琐事焦头烂额，内心的无力感无以倾诉，那个时候，张立总能够给我支持，让我不至倒下。犹记得有次深夜，无家可归的我给他打电话，他二话不说赶过来，在瑟瑟的寒风中陪我长谈一宿。那种时刻，有什么比一个愿意陪你一起走，听你诉说的朋友更令人感动呢？

我们两家人也曾一同到宝鸡游玩采风，班固墓、马援墓、法门寺、周原、周公庙，都见证着我们访古的惬意心情。我的爱人经常说，张立这个人很好，你交这样的朋友我放心。就连我跟前的友人也总是说，张立是个"有思想的君子"，"暖男"，"实诚"，诸如此类。德不孤，必有邻。《能不忆长安》中有《交友当如杜少陵》，而朋友们公认：交友当如张立兄。

常听人说"人到中年万事休"，因为有张立等朋友，我却尤其感受到中年友谊的温暖，体会到志趣相投与相互激励生发出的力量。

2016年我受曲江出版传媒公司委托，寻找"盛世中兴"系列丛书的作者时，我自然而然想到了张立。他对唐史有热情，有研究，对长安这片故土更充满着深情厚谊，丛书中的《元和中兴》一书仿佛就是为他量身打造。

他按时且高质量地完成了该书的写作任务。2017年春天，"中兴三部曲”一起推出，军峰兄、张立和我三人联手，三个长安文人的三本书，成为文坛一段佳话。

目前的文史学界，有人简单地划分为学院派和民间派两大阵营，按照这个划分，张立无疑归属于民间派别，但我以为这是简单粗暴的。学院派的关于长安的著作虽有学理的根基，但往往读来生涩又不可亲。民间文化学者对故乡有发自内心的深情，但往往学理不足，而张立却以钻研弥补了这不足。

他对长安历史文化的研究成果有相当的学理根基。这有赖于他“三人行，必有我师”的谦逊与“不迷信所谓权威”的独立思考精神。

如今西安城南，说起长安历史文化研究，张立当得起有领军潜力的人物，将他称为长安历史文化的活字典也不为过。文友戏称军峰、张立与我为长安历史文化的“三驾马车”。军峰兄长期在这一领域耕耘，梳理长安文脉，成果丰硕，自当为我二人榜样；我只是这几年才开始关注这片热土，于诸多的历史细节、风俗掌故其实不甚了了，与二位并称，实在惭愧；而张立，虽然起步较军峰晚，但用力甚勤，思考深入透彻，创作力也很是旺盛，相信日后当有更好的成绩。

有意思的是，在“中兴三部曲”完成之后，我们三人相约完成三部关于长安的历史小说，一人一部。我的小说从《宣王中兴》中获得灵感，刚刚写就，名《镐京迷案》，是西周题材的历史悬疑小说，军峰兄的小说仍在紧锣密鼓写作之中，张立正在创作一部元和背景的历史悬疑小说，暂名《喋血双城》。我相信，他们的小说一定能够成功。

“十年磨一剑，霜刃未曾试。”《能不忆长安》一书代表了张立对长安文化的真切思考。本书收录散文三十余篇，约十六万字，讲述这座城的山河故人，文笔细腻，情感炽热。大部分篇目是我这几年读过的，如今重新翻看，还是汉唐气象，馨香满室，文人血脉，饱满丰盛。我佩服他对长安诸多山、川、河、原的挖掘与梳理，我触摸得到他与大量长安文人多舛命运的心有戚戚，我认同他对家国天下的忧患意识与思考精神。文如其人在张立身上是成立的，阅读他的文章，能走进他的内心世界。

张立曾经在纪念杜甫的活动中扮演过青年杜甫，穿越千年时光依然可以在长安这片故土上完成与诗圣的精神相契，实在是一种莫大的机缘。他曾经在长安的“朗读者”盛会上，朗诵描述长安风华的优美诗篇，在他的咏叹下，历史仿佛复现了一般。

这本书的出版，是张立这些年讲述长安、宣传长安的成果展示，也是长安这座城赋予他的神圣责任与荣耀。

“长安回望绣成堆”，《能不忆长安》是作为文人的回望，是满含深情的回望。如同他这个人，适合于寒冬时候，于红泥小火炉边，安心地夜话。如同他这本书，适合在春风之中，系马高楼垂柳后快意地吟咏。

卢照邻写有《长安古意》七言，展现了当时长安社会生活的广阔画卷，希望《能不忆长安》以独具的风格，为读者重现盛世气象，使他们对这座城市的浩浩文脉有所感受。

“长相思，在长安”，愿这本书带我们重回长安的璀璨年华，带我们品尝如梦如幻的少年美好。

“君自故乡来，应知故乡事。来日绮窗前，寒梅著花未？”让我们一起展开书卷，“山顶千门次第开”，步入张立的历史文化散文世界。

是为序！

（王向辉，陕西师范大学历史文化学院博士毕业，就职于该校西北研究院，主研先秦史、古文字、西安历史文化，已出版《战国七雄变法考》《宣王中兴》《大西安画传》《秋水南山》《与点斋文稿》《镐京迷案》等图书十余种。）

目　录

第三辑 那时的家国

第一辑　那时的山河

望终南山

年少时缺乏空间感，虽然也时常望见终南山，特别是上学走河堰上的小径，看终南山更是清晰，云横秦岭，青山如黛，却总觉得终南山离自己很远很远。有个同学的外婆家在四川，他对我说，翻那座山得好几天，过了山就到了四川了。这话更坚定了我对终南山之遥远的认知。那时远望中的终南山，就像是海市蜃楼一般可望而不可即。

长大后进了山、爬了山，才知道原来终南山就在南边二三十公里之外，也知道了山那边离四川还很远。从此，终南山褪去了云里雾里的神秘感，不仅空间距离拉近了许多，情感距离也跟着拉近了。后来我甚至还在山下几公里处上过几年学，教室窗外就是终南山，去山里玩是难免的，但比起同学们，我去的次数并不算多。相比游山、爬山，我更喜欢望山。

或许是体力不济，或许是性格好静，或许只是因为我在西安的居所窗户就对着终南山，望山成为自然而然的事了。当初在这里买房，也正是看中了窗外连绵起伏的山峦。记不清多少次，心情烦闷之时，到窗边望望云卷云舒，想想“悠然见南山”（陶渊明《饮酒二十首》其五）、“苍翠绝纤尘”（裴说《终南山》）、“云横秦岭家何在”（韩愈《左迁至蓝关示侄孙湘》）、“标奇耸峻壮长安”（林宽《终南山》）等诗句，就舒畅起来。

不禁想起那些喜欢遥望终南山的同道来了。

长安八水不复当年的充沛和清澈，巍巍终南山却一直都这样高耸着，苍翠着，亘古如斯。

终南山的体量是巨大的，它绵延几百里，是秦岭最秀美的一段。终南山之名要早于秦岭，至今，从历史文化角度而言，它仍多被称为终南山，秦岭更多是从自然地理角度而言。几千年来，终南山孕育河流，护卫平原，且不说提供过多少木材、药材等，仅就空气质量而言，最晚在唐代它就被呼为地肺山了，要知道西方在当代才称森林为“地球之肺”。

就像大海边的人依恋着海，终南山北麓关中平原的人依恋着这座山。这是一座可以安放心灵的大山，不必走近，只是望着它，也能让你眼前一亮，精神一振，眉头一松，嘴角一弯，让你暂时放下烦扰，向往诗意的栖居。

我的老家在沣河西岸，距离西周的丰镐遗址很近。三千多年以前，在西周丰镐二京人们的遥望中，终南山是怎样的呢？《诗经》写道：“终南何有？有条有梅。”（《秦风・终南》）“秩秩斯干，幽幽南山。”（《小雅・斯干》）那时的终南山也被称为周南山，是周人心目中物产丰富、景色优美的所在，是君子之德的象征。

在汉赋中，班固专门写有一篇《终南山赋》，在他的遥望中，“伊彼终南，岿巀嶙囷”，终南山是峻峭雄伟、朦胧隐约的。

大唐的诗人们是爆发式的，写终南山的诗不下六百首，其中多数都是遥望之作。毕竟那时能阻碍视线的建筑不多，到处都“望得见山，看得见水”然而交通远不如今天方便。

唐太宗李世民就是个爱山之人，他在龙首原上的太极宫望终南山，不禁心荡神驰，写下了一首诗，作为一代雄君，他的视野不一般：

重峦俯渭水，碧嶂插遥天。出红扶岭日，入翠贮岩烟。叠松朝若夜，复岫阙疑全。对此恬千虑，无劳访九仙。（《望终南山》）

难怪他放着太极宫不住，让人在终南山里修建了一座离宫——翠微宫，一到夏天，就长时间住到翠微宫了，甚至后来死在了那里。

“五岳寻仙不辞远，一生好入名山游。”（《庐山谣寄卢侍御虚舟》）这是李白的夫子自道。他刚到长安，就迫不及待地造访了终南山。之后入宫待诏翰林，却过得并不如意，笼中金丝雀的生涯本也非他所愿。一日，他一出客栈的门，抬头就望见了终南山，想到了隐居：

出门见南山，引领意无限。秀色难为名，苍翠日在眼。有时白云起，天际自舒卷。心中与之然，托兴每不浅。何当造幽人，灭迹栖绝巘。（《望终南山寄紫阁隐者》）

不久李白就被赐金放还了，在洛阳遇见了小他十一岁的杜甫，两人一起漫游梁宋间，求仙访道，不亦乐乎。可是世代奉儒守官的家世，让杜甫还是决定到长安去实现其“致君尧舜上，再使风俗淳”的理想。十年艰辛的京漂生涯，杜甫看出了盛世之名其实难副，一种危机感总伴随着他。他求官不得，累了就想离开长安，却又“尚怜终南山，回首清渭滨”（以上《奉赠韦左丞丈二十二韵》），望着终南山留恋不舍。他和友人登大雁塔时看到终南山，写出了“秦山忽破碎，泾渭不可求”（《同诸公登慈恩寺塔》）的诗句。他的名篇《自京赴奉先县咏怀五百字》的结句是“忧端齐终南，澒洞不可掇”。他的所见所闻和亲身经历，使得他的忧虑之情像遥望中的终南山那样高大而沉重。要知道，这些诗句都写于安史之乱爆发前的所谓太平盛世。

终南山，在诗仙李白眼中是求仙幽居的向往，在先知杜甫眼中却是无边忧思的物化，两者都对终南山倾注了过多的个人情感。要论纯客观描述望终南山的佳作，恐怕要首推田园诗派祖咏的这首未完却意尽的应试之作《望终南余雪》了：

终南阴岭秀，积雪浮云端。林表明霁色，城中增暮寒。

中唐韩孟诗派崇尚奇险怪异，风格奇崛硬险，韩愈写过一百零二韵的长诗《南山诗》，就是这种风格的代表，爱用僻字，很不好读。他的好友贾岛和他一样，也是个爱山之人，《望山》一诗却一反奇崛硬险，明白如话，因其感情真挚，倒也省却了苦吟或推敲。

南山三十里，不见逾一旬。冒雨时立望，望之如朋亲。虬龙一掬波，洗荡千万春。日日雨不断，愁杀望山人。天事不可长，劲风来如奔。阴霾一以扫，浩翠写国门。长安百万家，家家张屏新。谁家最好山，我愿为其邻。

贾岛冒着大雨都要望南山，雨后初晴是终南山最美的时候，他自然更不会缺席。长安百万家，谁最喜欢南山，他就愿意和对方做邻居，因为有共同的爱好、共同的话题。诗歌是审美的，通向精神世界的，他写诗时不可能去想：自己那么窘迫，怎能想做就做爱山人的邻居呢？

如果要以望终南的频率确定比赛的冠军，我想应该非贾岛莫属了。

终南山不变，时间却在无情地推移，到了晚唐，杜牧在《长安秋望》中仍然看到“南山与秋色，气势两相高”，山还在那里，气势依然如盛唐时一般高峻。

唐末乱世中的学士李拯，大明宫退朝后走出宫门，心绪不宁，驻马遥望终南山，不禁写下了一首诗：

紫宸朝罢缀鸳鸾，丹凤楼前驻马看。惟有终南山色在，晴明依旧满长安。(《退朝望终南山》)

终南山色依旧秀美，长安天气依旧晴明，大唐的风雨如晦却谁都阻止不了。史载，李拯“诗成，涕下”，不久即为乱兵所杀。他的望终南诗虽然看不出忧愁或愤懑，但倘若知道了此诗的背景，就会感觉比杜甫的诗还要忧伤。

回到现实，论写诗为文，我当然和古人无法比，但作为现代人，我有一样却是他们包括诗仙李白也无法比拟的，那就是在数千米高的飞机上望终南山。

从飞机上俯视终南山：雨雾缭绕，烟波缥缈，像是瑶池仙境；无边无际的山峦，碧绿望不到头，让人想到大地的脊梁，想到《汉书》中说“夫南山，天下之阻也”(《东方朔传》)。忽然之间，群山像海浪亲吻大地般和平原交会了，齐刷刷地停了下来，又像万千快速奔跑的铁骑，听到停止的号角，同时用力勒住了骏马。薄云之下，长安风物隐约可见。这一路天上地下的风景，让人浩叹，李世民、李白、杜甫、贾岛、李拯如果得以目睹，恐怕望终南山诗赛就将掀起另一波高潮了。

远去的乐游原

2012 年 5 月，八十四岁的余光中先生第一次来到他在诗中反复吟咏的长安——而今的西安，我和文友吴足道前往万邦书城听他的讲座。虽然行程较紧，在东道主的安排下，余先生仍然去看了西安不少的名胜古迹。他以《故国神游》一文记下了此次西安之行，没想到的是他最遗憾的，竟是没能造访乐游原。

余光中写道："有一处平白错过，尤其令我不释。那就是在唐诗中屡次出现的'乐游原'。最奇怪的是，每次我向西安人提起，他们的反应总是漠然，不是根本不知其处，就是知有其处却不在乎。也有人说，这地方有是有，还在那儿，可是你去不了。……西安的主人见我不甘死心，某夜当真为我驱车，不是去登古原，而是到西安东南郊外一处上山坡道的起点，昏暗的街灯下但见铁闸深闭，其上有一告示木牌，潦草的字体大书'西安乐游原'。如此而已，更无其他。"

尽管已过去了一千多年，唐诗的魅力依然，唐诗中反复出现的乐游原，让渴望寻找汉魂唐魄的当代诗人牵挂不已。我被余光中的遗憾深深触动，想自己一个本地人，一个长安文人，不也从未登过乐游原吗？我曾有几次从西延路那个简陋的木牌前路过，能望见闸内很狭小，一点也不高，上有一座蹩脚的亭子，再看看周遭喧闹的环境，登临之意就全消了。

去年中秋夜，大长安文化沙龙组织了一次乐游原诗会，有百余位诗人参加。当晚秋雨淅淅沥沥，不绝如缕，反而更增诗情。夜间看不远，只记得旁边是一个不大的高尔夫球场，周边一圈高楼大厦，乐游原与之相比简直就像个大土堆，登高望远是绝不可能了。

今年 5 月的一天，我从雁翔路过青龙寺，看到路边有座壮观的仿古门楼，上刻“乐游原”三字，一看就是颜真卿的字。靠边停车，拾级而上，豁然开朗，只见树林、花草、池塘、仿唐建筑相得益彰，虽属市区，高楼环绕，竟然并不喧闹。游人很少，只闻鸟鸣啾啾，颇有古意。再往里走，就到了青龙寺，多年前我来看过樱花，竟不知这里也属于乐游原。经询问得知，乐游原早因大量取土被分割成了东西两片不大的土原，西延路那个为西，青龙寺这个为东，最高处距平地不过四十米。东边这座新修的乐游原遗址公园预计 2012 年秋开放，余光中早到了几个月，应该正在施工。

这里日本游客多过本地人，且都很虔诚的样子。日本佛教“入唐八大家”中的六家都曾受法于此，特别是空海，他在长安四处寻访名师，最终选择了乐游原上青龙寺的密宗大师惠果。空海悟性极高，入门仅三个月，就成了惠果的传法弟子。空海回国后创立了东密——真言宗，被称为弘法大师，他在日本的影响力就像玄奘在中国。日本人视青龙寺为圣寺，多有捐赠，因而青龙寺也见证着中日文化交流及友好往来。千余年前，一批批遣唐使漂洋过海而来，在茫茫大海中的船上东望大唐长安，而这乐游原正是他们心中的圣地之一，念及此，我心中感慨万千。

乐游原得名西汉宣帝时。宣帝是武帝曾孙，武帝晚年巫蛊之祸时仅几个月大，至亲全部被杀，自己也被关进了监狱，直至五岁。阴差阳错当上皇帝前，他一直是个平民。

据说，平民刘病已与他的平君妹妹，后来的许皇后，这对微贱时真心相爱的年轻人，出游至城东南的这片原，迷恋于这里美丽的风景，乐不思归。后来宣帝登基，便在这里建了乐游庙来纪念。许平君在产子后被霍光妻指使女医暗中下药毒死。《汉书·宣帝纪》载，“神爵三年春，起乐游苑”，这时距许皇后被毒死已有十二年了，曾经不可一世的霍家早已得到了报应。过了这么久，宣帝仍念念不忘结发之妻，以乐游庙为中心建了宏大的乐游苑，乐游原因之得名。乐游苑应该包括今天杜陵（宣帝陵）、少陵（许皇后陵）一带，因为《关中记》载：“宣帝许后葬长安县乐游里。”要知道在秦汉时期，凡是皇家的“苑”规模都极为宏大，不像现在的乐游原遗址公园，只有三四百亩地，一小时就能游完。乐游庙、乐游苑，比 17 世纪印度莫卧儿帝国皇帝沙贾汗为纪念其爱妃建的泰姬陵更为宏大。《西京杂记》专记西汉长安之事，其中提到：“乐游苑自生玫瑰树，树下多苜蓿。……茂陵人谓之连枝草。”玫瑰、连枝草都是爱情的象征，仿佛宣帝与许后爱情永存的见证。

唐代诗人韦应物有诗《登乐游庙作》，便是有感于此事而作，其时庙宇建筑已经倾颓好久了。

> 高原出东城，郁郁见咸阳。上有千载事，乃自汉宣皇。颓墉久凌迟，陈迹翳丘荒。春草虽复绿，惊风但飘扬。周览京城内，双阙起中央。微钟何处来，暮色忽苍苍。歌吹喧万井，车马塞康庄。昔人岂不尔，百世同一伤。归当守冲漠，迹寓心自忘。

到了唐朝，长安城扩大，已把乐游原都括在外郭城延兴门内了。太平公主在乐游苑基础上营造了当时最大的私宅园林——太平公主庄园。

韩愈《游太平公主山庄》诗云："公主当年欲占春，故将台榭押城闉。欲知前面花多少，直到南山不属人。"太平公主败后，玄宗将山庄分赐给兄弟宁、申、岐、薛四王，四王又大加兴造，乐游原成为以冈原为特点的风景胜地。那时，每逢正月晦日、三月上巳、九月重阳，京城士女就此祓禊登高，"幄幕云布，车马填塞，虹彩映日，馨香满路，朝士词人赋诗，翌日传于京师"（《杜诗详注》卷二《乐游园歌》注引王洙）。

乐游原为长安城地势最高，大唐爱登高赋诗的诗人们自然乐往，《全唐诗》中写到乐游原的有数百首。开元名相张九龄有诗《登乐游春望书怀》：

> 城隅有乐游，表里见皇州。策马既长远，云山亦悠悠。万壑清光满，千门喜气浮。花间直城路，草际曲江流。……

李白吟"乐游原上清秋节，咸阳古道音尘绝"（《忆秦娥》），杜甫咏"乐游古园崒森爽，烟绵碧草萋萋长"（《乐游园歌》），唐彦谦赞"杏艳桃娇夺晚霞，乐游无庙有年华"（《曲江春望》），住乐游原下新昌坊的白居易则"独行独语曲江头，回马迟迟上乐游"（《立秋日登乐游园》）。盛唐、中唐的诗人是幸运的，见证了大唐最美的时光，至于小李杜，晚唐国事飘摇，他们所写的诗难免夕阳残照、秋风瑟瑟的感觉。小李杜都写过好几首关于乐游原的诗，其中有一首同题，都叫《登乐游原》——

杜牧："长空澹澹孤鸟没，万古销沉向此中。看取汉家何事业，五陵无树起秋风。"

李商隐："向晚意不适，驱车登古原。夕阳无限好，只是近黄昏。"

两首诗基调都消沉，有眼见大厦将倾却无能为力之感。

经过唐末的战争，伟大的长安城"荆棘满城，狐兔纵横"（《资治通鉴·唐纪》）。朱温拆了皇家宫殿而在洛阳建都，留守韩建缩城而建，乐游原便成了长安城外一处荒弃的土原了。明清继续缩建，近世又在乐游原多次取土，它早已不复当年模样。它已经远离我们了，仿佛余光中听到的那句："这地方有是有，还在那儿，可是你去不了"。

一如我站在今乐游原最高的一角，除了近处的高楼，什么都看不到。

樊川诗意

从长安韦曲樊家什字向东南走不远，便到了樊川路。樊川路依偎在少陵原下，随原势蜿蜒，路两边的柳树颇有古意，绿丝绦微微飘拂，让人心旷神怡，感觉瞬间就从繁华的城市到了质朴的乡村。这就是被历代诗人吟咏的城南胜景、塞北小江南——樊川。

樊川是潏河在少陵原与神禾原之间冲刷出的一条川，长达数十里。元代李好文《长安志图》引《水磨赋》："仰终南之云物，俯潏水之清湍，乔木隐天，修竹蔽日，真天下之奇处，关中之绝景也。"近人傅增湘在其《秦游日录》里描述樊川："自韦曲而南，长渠分注，土壤丰腴，菜圃稻畦，罫纷绮错，田庐鸡犬，恍如江南水村图画中。"时代变迁，今非昔比，但这里仍有古朴的村庄、肥沃的农田和密布的树林，让人流连忘返。

樊川和潏河串联起了韦曲和杜曲两座历史悠久的名镇，这里风景、名人、诗词、故事数不胜数。

唐时，樊川是长安城仅次于曲江的胜景。

与曲江相同，樊川也以水景取胜。彼时潏河的水不但丰沛，还是长安城百万人口的重要水源。潏河在樊川还分流出一条漕渠，即今天的皂河。直到20世纪六七十年代，潏河之水还很充足，捉到大鱼是很常见的事，农业种植以水稻为主，稻香平畴，生态极佳，樊家什字也还像个渡口。

当然，樊川不如曲江，曲江有皇家芙蓉园。但樊川也有胜于曲江之处，那就是有两座古原护卫着。

且不说少陵、神禾二原相对坐落的樊川八大寺，其中兴教寺和华严寺还是两大宗派的祖庭，也不说唐朝有多少名人、贵人在此建有别业，光“去天尺五”的韦、杜两家就说不完，不说原畔葬了多少历史名人，古人对归宿之地可是特别看重，这里更是市民游赏胜地，是诗歌出产地，是爱情萌发地。

樊川最佳代言人，非大小杜莫属。杜甫在樊川的少陵原畔居住了十年，至今那里仍有杜公祠供人怀念。杜甫诗里说：“……杜曲幸有桑麻田，故将移住南山边。”（《曲江三章章五句》其三）“杜陵斜晚照，潏水带寒淤。”（《赠李八秘书别三十韵》）“故里樊川菊，登高素浐原。”（《九日五首》其四）可见，他是把樊川当作故里的。至于杜牧，号樊川居士，作品集也取名为《樊川集》，且就生于樊川的朱坡村，他写家乡樊川的诗更多。

杜牧《秋晚与沈十七舍人期游樊川不至》云：“邀侣以官解，泛然成独游。川光初媚日，山色正矜秋。野竹疏还密，岩泉咽复流。杜村连潏水，晚步见垂钩。”真是一片江南水乡风光！

在外为官时，杜牧常常思念家乡，写有《朱坡》、《忆游朱坡四韵》、《朱坡绝句三首》等诗。朱坡村杜牧爷爷杜佑所建的庄园别业，是樊川最有名的园林之一，去过的诗人都免不了印象深刻，写诗记录。今长安作协的创作基地正设在朱坡村原畔的窑洞艺术村，下望樊川尽在眼底。我们今日所见的樊川柳树一如杜牧诗中所写：“数树新开翠影齐，倚风情态

被春迷。依依故国樊川恨，半掩村桥半掩溪。”（《柳绝句》）

韩愈专门为其子韩符读书而卜居樊川，并在樊川作了很多诗，如《符读书城南》、《南溪始泛三首》、《游城南十六首》。南溪就是樊川潏河。他的好友孟郊来樊川看望他，写有《游城南韩氏庄》，为我们记录了韩愈卜居地的风光——

> 初疑潇湘水，锁在朱门中。时见水底月，动摇池上风。清气润竹木，白光连虚空。浪簇霄汉羽，岸芳金碧丛。何言数亩间，环泛路不穷。愿逐神仙侣，飘然汗漫通。

孟郊写到了樊川的柳树和竹林，其实，樊川最有名的还是花，“杜曲花光浓似酒”（郑文宝）。白居易写过《宿杜曲花下》：“觅得花千树，携来酒一壶。”水多的地方当然少不了荷花，樊川皇子陂的荷塘就曾反复在诗人的笔下出现。唐彦谦有诗《黄子陂荷花》：“十顷狂风撼曲尘，缘堤照水露红新。世间花气皆愁绝，恰是莲香更恼人。”白居易在《与元九书》中这样写道：“如今年春游城南时，与足下（元稹）马上相戏，因各诵新艳小律，不杂他篇。自皇子陂归昭国里，迭吟递唱，不绝声者二十里余。樊、李在傍，无所措口。知我者以为诗仙，不知我者以为诗魔。”可见樊川皇子陂之游让元白诗兴大发，一路吟诵不绝。诗人笔下的樊川花，除了荷花，还有牡丹花、桂花、梨花、蔷薇花、油菜花等等，“红叶黄花秋景宽”（司空图《重阳日访元秀上人》）。

诗人描写最多的花还是桃花，那是春天的花，爱情的花。樊川有一座村子就名为桃溪堡，崔护那首著名的《题都城南庄》诗里的故事就发生在这里：“去年今日此门中，人面桃花相映红。人面不知何处去，桃花依旧笑春风。”这首小诗让樊川的桃林成了爱情的胜地，千百年来不知道吸引了多少人来此寻春探春。清代，才子王士禛还专门来此看桃花并写下了《城南游诗八首·樊川桃花》：

三月樊川路，红桃散绮霞。终南青送黛，潏水碧穿沙。草色裙腰合，渠流燕尾叉。销魂过杜曲，一树最夭斜。

今天樊川桃花依然很盛，春日里游人也络绎不绝。

北宋的名相寇准想必也曾在樊川居住过，因为他写有多首怀念樊川的诗，比如这首《忆樊川》：

闲想旧游都是梦，别来秦树又西东。高秋最忆樊川景，稻穗初黄柿叶红。

北宋关学张载的弟子李复，是关学人物中文学成就最高的一位，他也曾居于樊川潏河畔，文集题为《潏水集》。宋代，樊川虽不复唐时的热闹繁华，也依然锦绣成堆，从李复的诗《和刘丈招与康集同游韦杜》中就可以看出：

潏水桥边纵客车，去天尺五访寻初。按图韦杜风烟在，遗址隋唐锦绣余。……

到明代，樊川繁华不再，写它的诗歌也少了，但风光未见丝毫逊色，如刘储秀的《杜曲花光》所描述的：

曾闻此地花无赖，今见花开积渐多。拄杖几回原上望，真成锦绣汉山河。

民国时期，大儒康有为来西安访问，曾专门赴樊川游览，杜曲人郑子屏先生做伴。畅游之后，康有为对郑子屏道："樊川诚名胜地，北方不多有。人处山麓，村相连接，稻田万顷，桃柳成林，古寺相间其中，子居此，何幸如之！"康有为写了多首记游诗，其中有一首《癸亥十月望游杜曲偕李时敏王湛尘张扶万郑子屏步月口占》，很适合拿来做这篇文章的结尾：

晚饮杜曲酒，夕望樊川月。长杨被村野，峻坂纡九折。终南何岩岩，烟霭风撇裂。山巅松下屋，澹影映古辙。引镜视月中，山海月光彻。河山夕如画，古昔多豪杰。……

滈河：前世与今生

到神禾原上的常宁宫来过多次了，每次我都喜欢走到最南边的原畔，看峻峭的悬崖下方，那片阔大的王曲川（也叫御宿川）直达青翠的终南山，川里自然生长的大片白杨林，在滈河水的滋养下笔直地向上长，守护着这方自古秀丽的水土。滈河水悠悠流淌了千万年，从黄土台塬上冲积出如此广阔的一片川地，即便河水现在小了很多，但从未干涸。肥沃秀美、稻香平畴，使得这里历来就有小江南之称。

但是正因为原下的河川大，以前这里的交通一直不便，眼看着对岸的村子快到了，却得先到下方树林里绕圈。可以说，从钟楼南北中轴线一直向南，到这里的鱼包头村，路也就算到头了，只能望川兴叹，绕路而行。2010 年这里开始修长安大道，双向八车道，最主要的工程就是在这里架设常宁宫特大桥，桥梁长 1.3 公里，连接黄土台塬和滈河河谷。2012 年 10 月通车的时候，从钟楼向南开到终南山只需四十分钟，最大的功臣就是这座桥。站在常宁宫眺望建成的滈河特大桥，壮观得令人震撼，印象中在西安只有绕城高速的浐河特大桥略能与之比肩。

滈河和潏河是长安八水中唯一两条东西流向的河流，在神禾原两侧缓缓流过，各滋润出一片秀美的川地。汉唐时期，潏、滈二水还不是现在的流向，那时的长安城引二水为城市主要供水，滋养了百余万人口。现在这两条姊妹河又在神禾原最西端的香积寺南汇合，滈河清，潏河浊，故自此以下又称洨河，两河相交之意。洨河在秦渡镇附近注入沣河，全程都在西安境内。西安的生态建设主要就围绕着这两条河开展，常宁新区更是大力治理滈河河道，打造滈河湿地公园和沿河湿地农耕文化景观廊道。

滈河发源于秦岭石砭峪，北向出山顺流而下，流经王曲，受神禾原地势阻挡，拐了一个大弯向西流去，把最秀美、最肥沃的一段河湾湿地留给了王曲，当地俗语也说："滈河一个湾，赛过樊川一个川。"河流弯曲，是为了滋润更多的土地，养育更多的人吧。这个滈河湾，滋润了王曲大地，也带来了连绵不断的人文景观。

汉武帝扩建上林苑，这里便属其中。汉武帝经常率众游猎，未央宫太远，倘晚归便住在这里的离宫，故有名御宿川。所谓王曲，就是从滈河引的一条"王渠"的谐音。

据说唐太宗之母窦氏，前往这里的庙宇烧香拜佛，结果遇到劫匪，一行人弃车而逃，入一小洞避难，眼看就要被发现，一块巨石突然落下，砸死几名劫匪，余皆不敢上前，这时大将秦琼、尉迟敬德赶到解了围。为谢神石相助，顺祝大唐永昌，李世民为母亲在此建造常宁宫，并立灵感石以示纪念。常宁，意同长安。

皇家看好此处，修建寺庙、宫苑、避暑山庄，使这里成了禁地，绝美的风景，只为皇家贵胄所有。翻遍唐诗，发现诗人歌咏潏河樊川的诗很多，写滈河御宿川的却极少，只因诗人无法入内，这不能不说是一件十分可惜的事。

20 世纪 40 年代初，胡宗南驻陕，任王曲的黄埔军校七分校主任，蒋介石几次来校做战时动员。胡在常宁宫为蒋建造行宫，蒋介石曾携宋美龄三次来此小住，倒是喜爱御宿川风光的胡宗南多数时间居住这里。

常宁宫东边不远的神禾原畔，有大作家柳青墓园，从那里可俯瞰下面的小桥流水人家。滈河岸边就是柳青居住了十四年的皇甫村，他当年居住的那座中宫寺，在特殊年代毁弃了，据说当地正在重修柳青故居，以供人凭吊。柳青是陕北人，死于北京，死前说："我离不开西安这块土地，离不开西安人民，死后把我送回西安，埋到神禾原上。"可以说，他把最佳的创作生命留在了这里，这里至今还流传着很多他的感人故事。

再向东南，滈河湾畔，坐落着黄埔军校七分校旧址，现在是解放军国防科技大学。黄埔七分校从抗战初期创办到抗战胜利后停办，历时八年，培养了近四万名毕业生，为抗战贡献了一大批生力军。

南边不远就是十三省总城隍庙，供奉的城隍据说是替刘邦而死的大将纪信。史载，项羽包围荥阳城，汉军不支，纪信主动要求假扮刘邦出降，让刘邦趁机逃出重围，自己却被楚兵捉住活活烧死。刘邦战胜项羽后，为纪信建城隍庙。宋代王禹偁有诗云："纪信生降为沛公，草荒孤垒想英风。汉家青史缘何事，却道萧何第一功。"（《荥阳怀古》）原总城隍庙规模浩大，历代香火不绝，明代最为鼎盛，却在20世纪60年代被拆毁，现在的城隍庙很小，是20世纪80年代王曲各村筹资修建的。每年农历二月初八纪信诞辰这一天，人们潮水般涌向城隍庙祭祀、过庙会，据说有十万人之众，我亲历其壮观，别说车了，人也寸步难行。其时，滈河边临时摊档绵延几里。2007年，王曲城隍庙祭祀及庙会被列入陕西省第一批非物质文化遗产名录。2013年，长安区设计规划以总城隍庙为依托，串连起周边的闻太师洞、张学良公馆、三圣宫等景点，打造王曲城隍庙文化旅游展示区。

一个不大的河湾之地，既有汉唐皇家宫苑佛寺，又有民间城隍祭祀文化，既是近代抗战军事重镇，又是现代作家创作之乡，如此密集的人文历史，放在哪里都是值得充分发掘的。而常宁新区的面世，在文化上、生态上更是有诸多规划值得期待。

滈河，曾经向北流去，河岸有周武王建立的国都镐京，作为首都延续近三百年。汉唐时的滈河水也是长安城的主要水源之一。今天的滈河源石砭峪，1971 年修建了大型水库，仍然是西安人的水源地，占西安市日供水量的十分之一。当然水库的修建也影响了下游的水量，滈河湾栽种水稻越来越难，昔日宽广的河流只剩下了涓涓细流。但我想，它是无怨无悔的。河流的存在，本就是为了滋润养育更多的人，就如同河湾那朴实的、从《创业史》中走来的村民们，他们甘于奉献，靠自己勤劳的双手，祖祖辈辈在滈河边劳动、生活，无怨无悔。

平和蓝田人

一

上周末，随作家团去蓝田采风，距我上一次去蓝田游玩，还不到两个月。从十六年前爬王顺山算起，我去蓝田不下十次了，每次都有新的发现和认识。

那天，朱鸿老师在出发前的讲话中谈到蓝田的人文历史，并说起自己结交的诸多蓝田朋友性情都很平和，不像周边其他地方的人那么暴烈。这话让我印象深刻，于是回想了一下我的蓝田同学和朋友，居然也都是如此，善良平和，朴实无华，脾气很好。为什么蓝田人会给人这样的观感呢？我想，这应该和蓝田的风土人情有关。风土人情蕴藏着什么密码呢？我要找寻出这个答案。

两天的采风，行程包括参观白鹿原、灞河源、蓝田猿人遗址、水陆庵、蔡文姬纪念馆等。我望着自然山川河流，听着人文历史典故，内心还在寻找着答案。在最古老的蓝田猿人遗址，偌大的展馆，只有我一个游客，当我看到发掘出来的蓝田人头盖骨经复原是一名女性，而且神情平和，似乎明白了什么，感觉找到了蓝田这些人文景区的一个共通点。它就像一把钥匙，打开了蓝田山水人文的深厚底蕴，解开了我心中的疑惑。

二

如果从高空俯视中国南北分界线秦岭，会发现从甘肃天水经宝鸡一直到西安南的长安区，秦岭北麓基本是笔直的。我曾在飞机上看到过长安、鄠邑这一带，千万座山峰像波浪般涌动，到了北麓齐刷刷停止了。如果再往东到蓝田县，会发现秦岭开始向北画了一个饱满的椭圆，直至秦岭的终点。如果把这个走向椭圆的山系比作母亲的乳房，那么蓝田东部横岭连到临潼骊山的凸出部分就是乳头了，正对着西安的东大门，哺育滋润着人文古都。乳头下方就是浐灞二水，刚好到西安东部汇聚，如今是西安水量最充沛、景色最优美的浐灞生态区，为西安世园会和欧亚经济论坛永久会址所在地。

灞河古名滋水，滋养两岸的历史之悠久，经考古发掘证实，在全国都属罕见。春秋五霸之一的秦穆公过滋水时改其名为霸水，以显其霸业，后来人加了水字旁，使得温柔的灞河不至于和名字那么不协调。

灞河是蓝田的母亲河，我们一行参观了秦岭深处灞源镇的青岗坪，这是一个“看得见山，望得见水，记得住乡愁”的地方，清澈的灞河就从这里的分水岭发源，在白鹿原和横岭之间冲刷出一道肥沃的蓝川。分水岭另一侧，居然还是洛河的源头，洛河流向中原，成就了“天地之中”的洛阳，这个唯一可以与古长安并称的悠久古都。

有名的长安八水中，渭河当然最大，其他七条河都汇入渭河之中。七河之中，灞河也不是最长、最大的，但因为这个“乳房”山系的缘故，灞河周边却是陕西最古老的人类活动区域。远古时期，没有什么八水，关中盆地大多都是大泽大湖，以蓝田山为中心，有东海、南海、西海和北海之谓，如今关中最繁华的平川，那时基本都是湖海大泽。蓝田椭圆的山系，分为几级的台阶山地，最适合原始人类的生存。1963 年 9 月，在台阶山地的陈家窝村三十米厚的红土底部，发现了一具老年女性的颌骨，距今约六十万年。1964 年 5 月，又在灞河上游公王岭红土底部的钙质结核土中，挖掘出了一具中年女性的头骨，距今约一百一十万年，一下子轰动了全国。同时出土的大量动植物化石，证明这里当时就像是海边的森林。

在当年挖掘头骨处，有一座亭子，立着根据头骨复原的中年女性的头像，既是猿人，当然谈不上美。她望着远方，神情平和。我也顺着她的视线向台阶状起伏的山地望去，仿佛看见大泽渐渐退去，大河渐渐清晰，山阶渐渐裸露，猿人们逐水而居，向下方的台阶地走去，走到陈家窝，如此过去了五十万年，有老年女性的颌骨为证。

大泽继续退，猿人被人取代，继续向更低的河岸台阶地迁移，手中的旧石器变成了新石器，下身裹着的树叶变成了粗麻布。近万年前的灞河畔华胥镇、曳湖镇一带，又出现了一个伟大的女性华胥氏，她的部落被后世称为华胥国，她则被奉为华夏族的祖先。据《列子》记载，轩辕黄帝梦游古华胥国，看到那里没有君主，百姓不“嗜欲”，没有争斗，人际关系很和谐，于是醒来后仿效华胥国，而后天下大治。华胥氏生下的儿女更为有名，那便是伏羲与女娲，因此蓝田也被称为“三皇故里”。种种传说均描述，这个时期暴发了大洪水，人类死伤无数。女娲补天和女娲造人当然是神话传说，不过，说伏羲和女娲兄妹逃过一劫，天地寂寞，于是兄妹结合，族群乃至人类得以繁衍生息，这也可算是补天造人吧。

在母系氏族社会，女娲的故事和影响力显然大于伏羲，蓝田至临潼一带，至今仍有人宗庙、娲氏庄、女娲堡、女娲谷、女娲补天台等地名。从古到今，每年农历正月二十日，这一带人都要烙锅盔，还要扔几块到房顶，以纪念女娲这一天“补天”的功绩。

想起美丽的女娲娘娘，想起灞河，就想起善良平和、不忘本的蓝田人，真可谓源远流长。灞河两岸台阶地三十多处新旧石器时代遗址，出土的和传说中居然都是女性，再想想乳房状的山川，女娲造人的传说，这片山地占了百分之八十以上的蓝田厚土，竟然以女性的善良温和哺育了之后的中华文明。

之后的文明时期，灞河下游平畴万里，关中腹地天府之国，这片山地中的文明起源地被逐渐淡忘了。史前时期如此浓墨重彩，文明时期的蓝田难道就相形见绌了吗？

三

蓝田的得名与玉有关，《太平寰宇记》卷二十六：“《周礼》注曰：‘玉之美者曰球，其次曰蓝。’盖以县出美玉，故名蓝田。”李商隐也有诗句“蓝田日暖玉生烟”（《锦瑟》）。前文所说的蓝田山即玉山，而王顺山则是杜甫诗中的“玉山高并两峰寒”（《九日蓝田崔氏庄》）中的一座山峰。秦献公时始置蓝田县，封其子嬴向为蓝田君，除历史上短期分出过玉山县、白鹿县，蓝田的县名基本没变过。

曾经叫白鹿县，当然是因为蓝田西部浐灞两河之间的白鹿原。这座大名鼎鼎的黄土台塬，因周平王东迁途中，看到原上有白鹿游荡而得名。白鹿原的人文胜景，未必强过长安的少陵原，但原下作家陈忠实，以一部厚重的小说《白鹿原》让这座原名扬天下。陈老辞世，恐怕整座原都为之悲咽低泣吧。

历史进入文明时期，蓝田、玉山、白鹿三个县名就透着平和与祥和之气。玉石是美好温润的事物，君子人格的象征，而君子必然是善良平和不暴烈的。白鹿，古时以为祥瑞，传说中的仙人、隐士多骑白鹿，则必然也是温顺平和非暴力的。

所谓文明时期，其实战乱频仍。蓝关通向武关，过了武关就是华南富庶之地，自古多叩关之战，蓝田作为必经之地在所难免。但蓝田历史上居然没出现过几位将军，也从不是兵源之地，即便穷，也不愿意做暴烈的武夫。蓝田闻名全国的除了蓝田人和蓝田玉，就是勺勺客（厨师）了，他们宁愿举起勺子，也不愿意拿起刀剑。蓝田人之所以大量从事餐饮业，除了手艺本身过硬，温和的好脾气恐怕也是其优势吧。

历史来到东汉末年的天下大乱，大儒蔡邕的独女蔡文姬二十出头，与很多百姓子女在战乱中被掳到了匈奴，她被迫嫁与左贤王。十二年后曹操平定了北方，从匈奴手中赎回蔡文姬，赐婚于董祀。大半生颠沛流离的蔡文姬感伤乱离、追怀悲愤，写下两首长诗《悲愤诗》和《胡笳十八拍》，至今读来仍让人揪心不已，可谓乱世的史诗。夫妻二人后来不愿为官，晚年居蓝田，就在父亲的蔡邕庄，过着平静祥和的生活。待悲愤平复，文姬凭记忆整理出四百余篇典籍，并撰成《续后汉书》，死后葬于蔡王村，而今门前就是文姬路。

位于王顺山下灞河边的水陆庵，里面的唐代佛教彩塑极为珍贵，塑像神态温和，佛儒道合而和谐，观瞻一遍，内心亦平和。水陆庵叫“庵”却自古并无尼姑，一问方知有几种说法：一种是唐太宗李世民为庆贺其母亲六十大寿，派尉迟敬德监修的，因其母故名“庵”；一种是明代时秦王朱怀埢经常随同母亲到此烧香拜佛，母亲去世后为了纪念，便将水陆殿改名为水陆庵。不管是哪一种，都和温和的女性有关，都和王顺山的王顺孝道故事不谋而合。

唐代的官员、诗人们都喜欢在城南建别业，终南、樊川的别墅多不胜数。终南捷径就是说离京城长安近嘛，没有谁想把别业建到蓝田的终南腹地里去玩真的。但王维偏不，他是古代大诗人中禅宗造诣最高、性情最平和的一位，看他的辋川诗集，若不是真心喜欢这里，是写不出这样的辋川的。请看他的一首《终南别业》：

中岁颇好道，晚家南山陲。兴来每独往，胜事空自知。行到水穷处，坐看云起时。偶然值林叟，谈笑无还期。

而今我们不得不承认，王维以他杰出的诗画，使得偏远的辋川之名盖过了京城近郊的浐川与樊川。我曾多次去辋川寻找王维的足迹，除了他手植的巨大银杏树还根叶繁茂，这里已没有了他的足迹。真希望已废弃的工厂能够拆除，使他的墓能重见天日。

唐代以后长安已成废都，关中不复繁华，人文相对凋敝。幸亏北宋的蓝田出现了吕门四兄弟，与亦师亦友的大儒张载一起，使关中大地文运不衰。吕氏本是河南汲郡人，四吕的祖父来京城做官时，途经蓝田，被这里的山水吸引，于是举家迁来居住。我曾寻访过四吕蓝田的故乡桥村，村头立有四吕纪念碑，村墙上到处题写着新的乡约，而且村里至今吕姓人家不少。2010 年，蓝田吕氏家族墓考古入选“全国十大考古发现”，并以“家族的荣耀”为题举办展览。

蓝田四吕均是性情温和之人。老大吕大忠一生多在陕西为官，政声颇佳。陕西与西夏相邻，多有攻战，吕大忠既反对一味屈从、割地求和，也反对轻举妄动、挑起边衅，加重人民负担，而是主张和平共处。老二吕大防更是官至宰相，他用他的平和，团结着分化的旧党，化解着新旧两党的矛盾。时人称他为相八年，“四夷无事，中国晏然，年谷丰登，家给人足，可谓有功社稷矣”（《续资治通鉴长编》）；“用人各尽其能，不事边功而天下臻于富庶”（《东都事略》）。《宋史》也说他“凡八年，始终如一”。老三吕大均与张载同年考中进士，一言而契，遂对张载执弟子礼，成为关学的第一位弟子和支持者。他一生致力于敦风化俗，撰写的《吕氏乡约》是中国第一部乡约，先在蓝田乡里实施，成功后在关中地区推广，史载“关中民俗为之一变”，后来更是推广全国。从北宋到民国，它让无数村落安宁和谐，钱穆称之为“中国人的精神宪法”。四吕中最小的吕大临在兄弟中成就最大、著述最丰，他潜心学术，无意仕进，是关学张载最得意的弟子，中国考古学的鼻祖。在蓝田四吕的大力支持倡导下，关学大盛。

最后的关学大师是清末的牛兆濂，他曾在家乡蓝田的芸阁学舍办学，故人称蓝川先生。芸阁是吕大临的号，芸阁学舍就位于四吕墓地和四献祠旁边。1911 年辛亥革命胜利，牛兆濂尚有隔膜，自称遗民，但第二年初，原陕甘总督升允率兵攻陕，企图复辟清朝，牛兆濂不顾个人安危，赶赴礼泉，以民生之计和时局大势晓以利害，使升允终于罢兵。这恐怕也是受蓝田人温和的和平主义精神感召吧。

四

前面我大致梳理了蓝田的历史地理和人文景点，不难看出其中的一些共通点。从史前灞河上游公王岭平和的女性蓝田猿人头像，到灞河中游的华胥、女娲传说，她们都有着女性的善良与温和。从地理上的蓝田玉山、白鹿原到水陆庵和辋川，它们都有着深藏不露的宁静与美丽，使我们浮躁的心灵趋于平和。从信史中的人物蔡文姬、王维、蓝田四吕到一代大儒牛兆濂，他们都平和而坚毅，影响着一代又一代蓝田人、关中人，乃至整体中国人。

我想起近年来所结识的蓝田师友，居然是女作家居多。大河自古钟爱女性，难怪温和的她们笔下总灵思飘逸。蓝田朋友姜国兴，一位性情平和的暖男，喜欢像女娲一样用古老的黄土捏泥人，已是远近知名的泥塑大师。他家住公王岭猿人遗址附近的元君庙村，去年这个时候，他自费十七万元，在村南边的灞河上修建了一座长六十三米的浮桥，造福村民。而就在这附近，在去灞源镇的路上，我还从车窗看到了“父亲的宅”和那座倒三角形屋顶的酒店，这是从玉山村走出的建筑学家马清运归来后在村里建造的，被日本知名建筑杂志评为“全世界最好的住宅之一”，被美国《建筑实录》称为“2010年世界七大经典住宅之一”，成为蓝田新的景点，这是平和而坚毅的他送给父亲和蓝田最美的礼物。

俗话说，一方水土养一方人，人的性格因子必然有不少来自风土和人情，水土培育了这里的杰出人物，杰出人物又滋养着后来人，风土和人情互为表里，相互影响。平和的蓝田人不是几代人修成的，而是山川人文、风土人情亘古如斯养成的。

这就是蓝田山水与历史人文所蕴含的底蕴，这就是我探寻思考得出的答案。

蓝田幸甚，关中幸甚，中国幸甚！

“河”以解忧

生长于旱地平原，从小我就饱尝缺水之苦，每次看到没关的龙头流着白花花的水，就不由得心疼。

爸爸说他年轻时村子的地里还种有水稻，田里稍一挖就能挖出水来，村旁的沙河（沣河古道）还发过洪水。到我小时候，打井得打十米才出水，而沙河已经干涸，沣河也瘦小不堪。有一年水位下降严重，家里的水井压不出水，要走几里路到田里的深井用轱辘打水。西安城里甚至也一度因缺水导致工厂停工、学校停学。举目所见都是瘦小污浊的河流，没有诗情画意，让人感到干渴，想起从《诗经》到唐诗这片土地呈现的水汽淋漓的诗意，我不禁有些忧伤。

后来到南方工作了两年，到处出差，发现南方几乎所有的城市和小县城都是跨河而建的，再小的河流都水量充沛，滋润着大地，让人感受到蓬勃的生命力。西北的诗人周涛在诗中慨叹“这是一块偏心的版图”，“偌大的中国东南倾斜而失去平衡”（《这是一块偏心的版图》），就是说中国东南河流密布，如人之血管，生气勃发，精神饱满。西北不缺其他能源，水就是需求最大的能源。我为此写过《无水的河流》、《要有水》等诗文，表达我对西安河流现状的忧虑和对水的渴望。

曾经在环山路开车，一路所见都是断流的河与干旱的田，让人忧心忡忡。喜欢看历史，书中河流密布，水路发达，滋养着汉唐长安城这全世界最繁华的城市。有八水解忧，百万人口饮水无忧、吟诗无忧。河水充沛的地方才有风景，才有诗情画意。曲江池被修复，开放日西安万人空巷，但它毕竟不是流动的大河，未免美中不足。

当 2011 年世园会在西安浐灞生态区举行时，我第一次去了西安城的东北区域，见识了灞河及其湖泊湿地的风采。震惊始自雄伟的广运潭大桥，只见桥下碧波荡漾，水面浩渺阔大，如南方的大江。广运潭之名来自于唐明皇李隆基，从这里开辟的漕渠直通潼关的黄河，天宝二年竣工之时，负责工程的韦坚在广运潭举行了盛大的水上博览会。

初识灞河，它壮阔的水面略微平复我对西安生态环境的担忧，原来长安八水并非全都失去了往日的风采！之后我便开始关注浐灞生态区的消息：这里举办了 F1 摩托艇世界锦标赛，浐灞半岛成了欧亚经济论坛永久会址，浐河、灞河周边除了世博园，还有雁鸣湖、桃花潭、浐灞国家湿地公园等生态公园。如果没有浐灞二水，很难想象西安这样缺水的城市居然可以举办世界级的园艺博览会和水上运动项目。

我和家人、朋友多次前往浐灞游玩。有河有水的地方总是让人心旷神怡。我们去过人迹罕至的霸陵访古，赶上过灞桥上熙熙攘攘的周日集市，欣赏过水中的灞柳依依，探寻过白鹿原与少陵原之间的浐河川、半坡遗址，还有蓝田的灞河源、猿人遗址、华胥氏遗址。经过这些年的寻访，我终于对浐灞有了更多的认识。

我曾经这样写道：“如果从高空俯视中国南北分界线秦岭，会发现从甘肃一直到西安南部的长安区，秦岭北麓基本是笔直的，再往东到蓝田县，秦岭开始向北画了一个饱满的椭圆，就像是母亲的乳房。而乳汁正是来自浐灞二水，刚好到西安东部汇聚，如今是西安水量最充沛、风光最优美的浐灞生态区。”

灞河古名滋水，秦穆公过滋水时改名为霸水，以显其霸业。灞河与其最大的支流浐河分别是蓝田猿人和半坡氏族的发源地，孕育了中华民族的早期文明，从灞河边的女性蓝田猿人、华胥氏和女娲到浐河边的母系氏族半坡部落，两条河流就是这片沃土的母亲河。唐代浐河水还被引到曲江池、长安城和皇宫里，诗人王建有句云：“青山直绕凤城头，浐水斜分入御沟。”（《御猎》）古人有“玄灞素浐”之说，“玄灞”是说灞河既深且广，流量很大；“素浐”是说浐河水质好、清澈见底。

生于灞河边的著名作家陈忠实评价浐灞二河：“世界上没有其他两条河流具备这样重要的地位。”此话有些绝对，两河流域的两河地位和知名度远大于浐灞二河，但对长安人来说，事实就是如此。

每次沿三环或绕城高速走到浐河大桥和灞河大桥，都有豁然开朗之感。如今的浐河灞河之上，架起了各式各样美丽高大的现代化大桥，桥下河面开阔，柳树成荫，甚至有白鹭等水鸟栖息，让我恍若置身江南。其实，隋唐诗歌产量最丰的地区正是长安，江南是后来的事。那时的首善之区长安到处风景怡人，哪个诗人一生中不曾到过长安呢？而浐灞正是诗人们最常描写的地方。

浐灞的辉煌不仅在远古，更在隋唐，目前在浐灞之间发现的隋唐文化遗存就有一百一十五处，远超其他河域。浐灞地区是古长安通往东方的必经之地，不管是来去潼关、蓝田关还是蒲津关，都要通过这里。“……函关疏别道，灞岸引行舟。北林分苑树，东流溢御沟。鸟声含羽碎，骑影曳花浮。……”（杨思玄《奉和别鲁王》）

隋唐的灞桥附近，垂柳很多，“灞柳风雪”成了重要的景观，浐灞送别诗是占比最多的送别诗，千古绝唱也多。《开元天宝遗事》中说：“长安东灞陵有桥，来迎去送，皆至此桥，为离别之地，故人呼之为销魂桥。”李白有句：“送君灞陵亭，灞水流浩浩。上有无花之古树，下有伤心之春草。”（《灞陵行送别》）李益有句：“杨柳含烟灞岸春，年年攀折为行人。”（《途中寄李二》）韩琮有句：“霸陵桥上多离别，少有长条拂地垂。”（《杨柳枝词》）韩琮诗句是说送行人都折枝相送，以至柳树的枝条很少能长到可以拂地的长度。春天当然是浐灞最美的时候，但诗人孟浩然却喜欢在大雪天来这里踏雪寻梅。即便是到了晚唐最后几年，宰相郑綮面对索诗的人，还说：“诗思在灞桥风雪中驴子上，此处何以得之？”（《北梦琐言·郑綮相诗》）

古人有个重要的节日上巳节，这天有踏青祓禊的风俗，汉唐帝王最常来的祓禊之地就是浐灞岸边。《史记》载：“武帝祓霸上”。唐诗中有“元巳秦中节，吾君灞上游”（崔国辅《奉和圣制上巳祓禊应制》）和“君王来祓禊，灞浐亦朝宗”（王维《奉和圣制上巳于望春亭观禊饮应制》）等诗句。那真是一个河水的节日，一个美丽的节日，美丽的节日当然要放在美丽的地方，上巳节后来失传真是太可惜了。

看来古人和我一样，喜欢水多景美的地方，可想而知，这里也是诗人与贵族最喜欢构建别业的几块宝地之一，唐代还是皇家御苑的一部分。另外，太平公主南庄、长宁公主东庄、刘长卿的霸陵别业、王昌龄的灞上闲居、郭暧的浐川山池都在浐灞附近。元代的安西王府，“营于素浐之西”，因为水草丰茂，便于享牧马、游猎之乐。

浐灞在现代曾遭受污染，甚至是西安工业污水和生活污水最大的排放地，城市垃圾最大的堆积地，因其沙粒好，又成了最大的挖沙地，一度满目疮痍。但为什么在长安八水中，浐灞是最先得到治理的呢？除了人和政策的积极因素，恐怕还是二河得天独厚之故吧。

我一次次去浐灞，除了神往汉唐的诗情画意，也为了看生态风光，那充沛的水量，潺潺的水声，两岸的垂柳，洁白的鹭鸶，可以抚平我的锥心之忧。当我知道，在西安只有浐灞生态区的考核指标不是GDP而是各项生态指标时，我倍感欣慰。浐灞的成功一定可以起到模范作用，纠正急功近利破坏环境的风气。

希望浐灞模式能够惠泽更多的河流，那时，八水绕长安之盛况，一定会让我的忧虑一扫而光，干渴的心得到餍足。事实上，我也看到了规划中的八水蓝图。

何以解忧，谁来消愁？“河”以解忧，“水”来消愁！

秋雨莫上少陵原

今年九月某日，阴雨绵绵，断续下了三天。我下楼吃过午饭，空中水汽迷蒙，撩拨起我心中的诗情画意，想着下午无事，便想开车去近旁的少陵原转转。我虽然去过很多次，但从没在雨中独自探访寻幽，那该是别一种浪漫的感受吧。谁能想到平时看起来敦厚平和的少陵原，竟然也隐匿着危险。

说走便走，从樊什字向东南开，便到了樊川路。樊川路就依偎在少陵原下，两边的柳树像是列队欢迎我，绿丝绦微微飘拂。

路边的玉米秆长得很高了，因为有雨，潏河水也比往常大了些。我顺着原下的樊川路从韦曲开到杜曲，路况很好，我开得很慢，想把书中的记载与实地联系起来。比如“城南韦杜，去天尺五”的韦杜家族，杜甫的少陵野老，杜牧的《樊川集》，关学李复的《潏水集》，崔护的《题都城南庄》，等等。其实，我个人的历史，也与这原和川有过纠葛，正是在初春略寒的少陵原上，我的爱意开始萌动，而平生第一次的约会就是在潏河边，尽管那已是十七年前，那时我就有诗写到少陵原与潏河水。

在杜曲，我从樊川路驶入南横线，便上了少陵原，按着导航指示，沿一条窄窄的水泥路进了庞留村。我也曾在村口看过明代秦藩王墓的石人石马，印象中不远处有唐玄宗武惠妃的敬陵，从没走近去看过。那座陵墓的传奇之处不仅在于墓主的身份和从海外追回的珍贵文物，更在于警方从盗墓贼口中得知了少陵原上一大批古墓葬的方位和被盗情况，之后，郭子仪、张安世、颜真卿、韦应物、韩休等家族墓被文物部门按图索骥、亡羊补牢，总算保留了部分珍贵的出土文物。

终于到了武惠妃敬陵的封土堆附近，封土堆被玉米地环绕着。怀着好奇的心情，我想靠近看看，便开上了田地里的土路，因为下了两天小雨，开了十几米，车轮就开始打滑，我还没遇到过这种情况，一下子慌了神，费了九牛二虎之力倒了出来，和玉米秆几次亲密接触，车身都溅上了泥。排除了小小的险情，我又驶上了村里的水泥路，看着导航上显示兴教寺离得不远，于是我前往位于原畔的兴教寺，拜拜玄奘塔。

按着导航走，出村时还是好好的水泥路，呼呼开了几公里，却又变成了玉米地里窄窄的泥路。坑坑洼洼，很快车就打滑，想倒回去总不成功，在这前不着村后不着店的地方，只能硬着头皮前行。一路后轮胎不听指挥，车身不断摇摆，有时简直就是滑行，险况重重，心都吊到了嗓子眼儿。如此几公里，终于到了下原的路，山路盘曲而下，要拐好几道弯，这时的我早没了寻幽探秘的劲头，只想着赶紧开到下方的柏油路。这时雨也变大了，我也只有拼了，冲过一关又一关，几乎是一路滑下去的，只不过侥幸没翻下去。结果在离下方的樊川路仅三百来米的拐弯处，前车轮彻底陷进流水冲刷的沟渠里了，任凭我怎么轰油门打方向也不动。轮胎早已裹了厚厚的泥土，车身也像是用泥水洗了一遍。

车卡在下原的斜坡上，而车后就是壁立数十米的裸露的黄土崖，随时有塌方的危险。没想到平日从不觉得高的土原，在雨天居然这么凶险。前不见古人，后不见来者，整个少陵原仿佛就只我一人一车，眼前的颜色只有泥土的黄褐色，耳朵里只有雨水敲打大地的声音。第一次，我感觉到了雨水力量的强大，居然可以在黄土台塬上冲刷出樊川、御宿川、鲸鱼沟来。而号称高科技的汽车，在这种天气和地貌下，也是束手无策。想起唐代僧皎然写过一句诗“秋风莫上少陵原”（《送僧之京师》），真可以追摹一句“秋雨莫上少陵原”了。我想下车查看，一下去就被野草长长的刺刺伤了腿，真是祸不单行。我想起了保险公司，打电话过去，对方说可以安排拖车救援，但要到一个小时以后了。

实际上，我等待了两个小时。刚开始只是心中懊恼，后悔雨天出行，自责依赖导航，疲倦、困乏，无心观赏窗外的大自然。我索性闭起眼，一边听着风声雨声，一边等待。我想起了古人，玄奘、李白、徐霞客……古人面对的基本上都是土路，山路都要靠步行，而他们走过的路放在今天也很难超越，何况是那个时代，该遇到过多少次艰难险阻、生死磨难啊！我又想到那些在偏僻地方修路修桥的人，我要向他们奉上我的敬意，他们把多少的天堑变通途，改善了多少人的行路难啊！

这样想着，心渐渐平静了下来，便想些宽慰自己的事。想起苏东坡在一篇短短的游记里，记叙他登山观亭时体力不支，卡在半途。是坚持还是放弃，是进还是退，他思谋良久，发出“此间有甚么歇不得处”的感悟，于是身心俱得轻松愉快、自由自在。我何不像他一样，随遇而安？我静下心来，居然在雨声中听见了蛐蛐的叫声，古意盎然，令人想起童年。还听到了雨打树叶的声音，这才注意到眼前的沟下是一片高大的杨树林，生气勃勃，绿意盎然。甚至听到了雨水从原上往下流淌的哗哗声，看到了狗尾草、蒿草、蓝色的牵牛花、挂着红果的多刺野草和更多不知名的草木，经雨水冲刷，绿得发亮。旱原上的庄稼也和野草一样，挺直了腰身，在雨水下更精神了。草木犹此，我也不能沮丧啊。

远处隐约传来了钟声，是来自下方不远处的兴教寺吧，一股禅意袭来。我本是一个爱雨的人，今天遇险，却开始抱怨这场雨、这座原，甚至抱怨黄土。被困在雨中的原上，恐怕这不是困，而是上天对我的提醒吧。提醒我放下抱怨，听听雨声说些什么。提醒我很久不曾亲近泥土，已经不知道泥泞是什么滋味了，有些忘本了。提醒我写文章不能光是看书思考，还应该用脚印去印证。提醒我应该抱愧于草木，小时候认识的很多草木而今都陌生了。今天就让我深深地记住，我曾是玩泥巴长大的孩子，经常踩泥泞的土路去上学，而有土有雨的地方，总有生机勃勃的迹象，还有那些记忆深处的花草，都不曾走远……

这样想着，回忆着，我的呼吸匀整了，心情平静了，两个小时也不觉得很长，身后的黄土崖怎么看都不会塌下来了。我放心地靠着座椅，用纸和笔记下了上面的真实感受。至于救援，拖车是上不来的，走了一个来回领路，脚下就踩了三寸厚的泥，雨水把我们淋透。用了半个多小时，救援的师傅终于把车开了下去，尽管只有三百米。

至于少陵原畔的兴教寺，虽近在咫尺，就不去了，人和车都泥浊不堪，会把人吓着的，对玄奘法师也失礼。我在风雨中听到它的钟声，已得了一些感悟。

遥望长安

长安是山河表里的形胜之地，汉唐气象的首善之区，丝绸之路的起点终点，它繁盛之时，承载着全国各地乃至海外无数人的希望和梦想，它衰落之后，也仍然作为一种情结，长久地留存在后人的心灵深处。

李白离开长安后，吟诵“西望长安不见家”（《与史郎中钦听黄鹤楼上吹笛》）和“长安不见使人愁”（《登金陵凤凰台》）；曾经金戈铁马的辛弃疾常常“西北望长安，可怜无数山”（《菩萨蛮·书江西造口壁》）；贺铸在《望长安》词中写道“长安不见令人老”；张养浩进了潼关后就“望西都，意踌躇，伤心秦汉经行处”（《山坡羊·潼关怀古》）；晚年在夔州崇山中的杜甫写的《秋兴八首》，正是以遥望长安、怀念长安为主题的组诗。可以说，遥望长安，已经成为中国人的一种文化心理和意象了，而且，没有第二个城市能够取代。

以上所说的“遥望”，更多是心灵上的遥望，距离太远了，不可能真正望见长安，所以情感才更加真挚而深沉。

那么，有没有可以实现的真正意义上的遥望长安呢？

既然是遥望，距离就不能太近。如唐代诗人喜欢登临的总持寺塔、慈恩寺塔等城内高塔，或者是乐游原、少陵原等近郊高敞之地，因为不够高远，视野不够开阔，只能窥长安城之一斑。何况登临这些地方，一般都是为了南望终南山，或者北望五陵原，不识长安真面目，只缘身在此城中啊。

要想一睹长安城的全貌，既要站得足够高远，还要保证能够望得见，可选的地方其实并不多。东边的骊山是一个，南边的终南山是一个，相距京城都不到二十公里。骊山上下有华清宫殿阁鳞次栉比，唐代诗人们应该没什么机会登顶遥望，后来的诗人们有机会了，长安城却盛景不再。而且骊山比终南山也更低一些，因此遥望长安的最佳地点就剩下终南山了。终南山是由数座连绵的山组成的，其中，距长安直线距离最近且山顶有平台、建筑可供人休憩的，只有南五台了。

南五台是因与北部耀县的北五台（即药王山）相对而得名的，也是佛教名山。最初南五台名太乙山，是终南山中段的主峰，海拔一千六百八十八米（比骊山高六百多米）。南五台由五座山峰组成，俗称五台，即观音台（大台）、文殊台、清凉台、灵应台、舍身台，站在山下看，像仙掌，若笔架，仿佛在等待来者挥毫泼墨、吟诗作赋。这里峰峦叠嶂，风光秀丽，有“西部庐山”之称，《关中通志》中就说：“今南山神秀之区，惟长安南五台为最。”在南五台留诗的有唐太宗李世民、钱起、白居易、孟郊、司空图等人，而以白居易那首《登观音台望城》最为有名。遥望中大唐长安城尽收眼底：

> 百千家似围棋局，十二街如种菜畦。遥认微微入朝火，一条星宿五门西。

所有描述隋唐长安城设计风格、布局规划的文章、资料中，最喜欢引用的就是白居易这首诗，因是颇为形象的佐证。在观音台上遥望的白居易，他客观的描写，无心插柳，使他成了当时世界上规模最大的都城的代言人。

隋唐长安城的建设，历时七十二年才大功告成。总体布局可分为宫城、皇城和外郭城三大部分，周长达三十七公里，南北向有十一条街道，东西向有十四条街道，分割出了一百零八个坊和东西两市，纵横交错，整齐划一，居住着百万人口。现存明城墙内的西安城仅为隋唐长安城的皇城部分，当年的十分之一而已。因此，在白居易登观音台遥望时，长安千家万户组成的市井街衢确如一枚枚棋子，分布在一张大棋盘上，一百零八坊的整齐方块形状确像是一块块菜畦。白居易晚上应该留宿在观音台的寺庙中，破晓时分，他可以望见微微火光，那是大臣们上朝手持的灯火，在宫门前会合，灯火绵延，像是一条星宿。

这首诗只是客观描绘遥望所见，而敏感的诗人登高望远，内心一定很有感触，怎能不抒发出来呢？这不，白居易移步到观音台北边的灵应台，想更近一些望长安，视野中，强烈的对比让他感觉自己在万丈红尘中如沧海一粟：

临高始见人寰小，对远方知色界空。回首却归朝市去，一稊米落太仓中。（《登灵应台北望》）

熙熙攘攘的大都市，在遥望中也只是很小一块地，只有站得高离得远，才能超脱出平日里功名利禄的追逐，但自己毕竟还是要回去，尽管就像是一粒米落在皇家仓库中。但他对自己的使命却更加清楚了。他在长安之际正是大唐中兴之期，长安可谓白居易的人生福地，在这里，他开始步入仕途，实现造福天下的理想；在这里，他娶妻生子，并结交了志同道合的终生好友；在这里，他创作了人生中最具激情、最接地气的一系列作品，奠定了中唐第一诗人的地位。居所附近的曲江池，是他留诗最多的地方。他怎能不爱这个当时世界上最伟大的城市呢？何况，长安还聚集了世界上最多的诗人群体。当然，这里也聚集了帝国最多的官僚、贵族和宦官，官场争斗、上下倾轧的戏码每一天都在朝廷上演着。

我曾在《白居易的双城记》一文中写道："长安与洛阳对于他，一个是积极进取，一个是消极抵抗；一个是入世的儒家情怀，一个是中隐的佛家思想；一个兼济天下不顾自身，一个独善其身不忘兼济；一个是名利场如熙熙攘攘的广场，一个是闲散地似雅士云集的客厅；一个让他体验到登高一呼的惬意与跌下悬崖的狼狈，一个让他感受了身心安顿的闲适与雄心消磨的无奈……"

一个人心理的格局应该不至于如此泾渭分明，肯定有一定的心灵轨迹可循。从这两首南五台遥望长安的诗里，应该能够找出一部分端倪，说明白居易的长安岁月，也有如日后洛阳岁月的超脱和感悟。只是，中兴君王在等他的谏书，时代在感召他参与重建，他只能走下山去，像一滴水汇入清清的溪流，像一颗星加入上朝的那条星宿长龙，让他的时代多一些清明和光亮。

曲江池

对于新修的仿古景区，我一向并不热衷，但曲江池遗址公园例外。友人来西安，如果时间紧，只够逛一个景点，那我的推荐就是曲江池。

曾有传闻说要恢复圆明园、阿房宫、大明宫等部分建筑，我觉得没有必要，维持和保护遗迹可能是最好的选择，再说，恢复太过靡费。制作出来的时间的痕迹总是假的，正如历史不能倒回，此外，宫殿也不就是中华文化精粹的全部。皇宫禁苑，是诗之禁地，美的牢笼。

而曲江池不同，它在唐初由皇家园林改为长安城唯一的公共园林，并就此成为盛唐文化的荟萃之地。因此，当 2007 年 7 月西安政府决定依照曲江池历史水系和文物勘探成果重建曲江池时，市民一片欢呼。一年后，仍是 7 月，曲江遗址公园正式建成并开放，那天，我体验了“长安几于半空”（王定保《唐摭言·散序》）的盛况——唐时曲江大会重现人间了。从那时起，每个长假里，曲江池都是西安人流量最大的景区。

曲江池位于西安东南近郊乐游原与少陵原之间一块洼地，南北长而东西短，像一颗晶莹剔透的吊坠，挂在隋唐长安城的东南隅。曲江池的历史可追溯到秦汉时期。司马迁描述当时人的观念说：“天不足西北，星辰西北移；地不足东南，以海为池。”（《史记·日者列传》）当时无论是秦之咸阳城，还是汉之长安城，都位于今西安的西北方向，凑巧的是东南方向的这片原隰洼地，渐渐汇集了泉池流水。这是吉兆，秦皇于是在此地辟了宜春苑，命名池沼处为“隑洲”，意即狭长弯曲的水域。至汉武帝，他嫌宜春苑不够大，遂广开上林苑，又让人疏浚了隑洲的泉源，人称汉武泉。汉武泉，水面成了曲江的重要水源就此扩大不少。《雍录》引《三辅黄图》：“汉武帝时池周回六里余。”因为景色有如广陵之江，便开始被称为曲江了。司马相如赋有句：“临曲江之隑州兮，望南山之参差。”（《哀二世赋》）

隋朝一统南北，已使用八百多年的汉长安城旧址已不能满足需要了，于是隋文帝命宇文恺修建大兴城，正式把曲江池纳入了都城之隅，并给它起了一个新名字“芙蓉池”。隋炀帝还将南方的曲水流觞活动带到了芙蓉池，君臣共乐。

唐代气象更大，不但疏浚了汉武泉，还凿修了黄渠作为新的水源。黄渠将终南山大峪源流出的潏水引来，从此曲江池水面更加阔大。“曲江千顷秋波净，平铺红云盖明镜”（韩愈《奉酬卢给事云夫四兄曲江荷花行见寄并呈上钱七兄阁老张十八助教》），“曲江荷花盖十里”（韩愈《酬司门卢四兄云夫院长望秋作》），“曲江水满花千树”（韩愈《同水部张员外籍曲江春游寄白二十二舍人》），美景如画。如前所述，唐代将曲江池的皇家禁苑改成了公共园林，只在北侧保留了芙蓉园仍为皇家所有。为了与市民互不影响，还专门从大明宫经兴庆宫修建了城墙夹道，直通芙蓉园，杜牧“六飞南幸芙蓉苑，十里飘香入夹城”（《长安杂题长句六首》其五）句可为证。又在周边建造了大慈恩寺（大雁塔）、杏园、乐游园、青龙寺以及曲江亭子等，自此，曲江流饮、雁塔题名、杏园饮宴、乐游原登高等曲江游宴活动达到一个高潮。

唐代科举以诗取士，所以官员个个能诗，即兴作诗对他们从不是什么难事。每逢春秋佳节如上巳、中和、重阳等，皇帝常常在曲江芙蓉园内和群臣作诗宴饮为乐，沈佺期、宋之问、王维、白居易、韩愈等人都作过此类曲江应制诗。唐玄宗还曾亲自摘花插到苏颋的领巾上，以示对其所作诗歌的嘉奖。兴之所至，皇帝还从紫云楼向下撒钱与民同乐。

但曲江池春日的主角却不在皇家芙蓉园，而是新登科的进士们。每年几千人中考中的那十几个人，才是万众瞩目的焦点。庆祝活动名目很多，毕竟十年寒窗苦读需要尽情释放。先是新科进士杏园探花，孟郊《登科后》“春风得意马蹄疾，一日看尽长安花”之句，就写的是探花活动。那一天，长安城中所有的公私园林都为探花使者开放。再是雁塔题名，宋代《慈恩雁塔唐贤题名序》中记载：“自神龙以来，进士登科皆锡燕江上，题名塔下，由是遂为故事。”少年得志如白居易、元稹、柳宗元、杜牧，都曾题名雁塔，白居易说自己：“慈恩塔下题名处，十七人中最少年。”最后就是曲江流饮了，饮酒与赋诗，这是进士们最拿手的了。白居易有诗记之：“去岁欢游何处去，曲江西岸杏园东。花下忘归因美景，樽前劝酒是春风。……”（《酬哥舒大见赠》）

更准确地说，曲江池的主角还不是新科进士，而是大唐的诗人们。进士欢宴可达半月，但那也是落第者最凄凉的时候。而诗人们很多时候写诗并非为凑热闹，而是抒发内心情感，或者抒发全民族的情感，这些诗歌往往流传得更为久远。

无论如何，曲江尤其受唐代诗人偏爱，多过长安其他胜景。比如女诗人鱼玄机有句“每春忙在曲江头”（《左名扬自泽州至京使人传语》），许棠有句“咏游终不厌，还似曲江头”（《题汧湖二首》其一）。再如章碣《曲江》：

日照香尘逐马蹄，风吹浪溅几回堤。无穷罗绮填花径，大半笙歌占麦畦。落絮却笼他树白，娇莺更学别禽啼。只缘频燕蓬洲客，引得游人去似迷。

这些是写春日或佳节游人如织的曲江。曲江还有另一面，游客寥落时，或寒冷的冬季里、沉寂的夜幕下，或战乱之中、烽火过后，怀着孤寂或伤悲的心情，诗人也写下了有关曲江的传唱千古的佳作。

写过曲江诗的诗人不下二百人，数量又多水平又高的，有三个可为代表，分别是盛唐的杜甫、中唐的白居易和晚唐的李商隐。

杜甫住在曲江池南的少陵原，白居易住在曲江池北的乐游原下，他们二人去曲江的机会很多，曲江成为他们素材和灵感的时候也多。

杜甫经常在曲江头喝醉并乘醉而归，其《曲江二首》其二写道：

朝回日日典春衣，每日江头尽醉归。酒债寻常行处有，人生七十古来稀。穿花蛱蝶深深见，点水蜻蜓款款飞。传语风光共流转，暂时相赏莫相违。

他在长安过得并不如意，对皇帝的青睐、赏赐尤其企盼。在《曲江对雨》中，他写道："……何时诏此金钱会，暂醉佳人锦瑟旁。"杜甫还在上巳节时的曲江池看到杨贵妃姊妹游春的情景，写下了《丽人行》，对虢国夫人和秦国夫人的美貌与奢华有生动的描述。

他最深刻的曲江诗是在安史之乱长安沦陷后所作的《哀江头》。曲江池在战乱中芳华不再，曲江亭子等众多建筑都毁于一旦。盛世戛然而止，甚至没有过渡，让人情何以堪？这首诗中表达的哀伤，也是民族的哀伤：

少陵野老吞声哭，春日潜行曲江曲。江头宫殿锁千门，细柳新蒲为谁绿？忆昔霓旌下南苑，苑中万物生颜色。昭阳殿里第一人，同辇随君侍君侧。辇前才人带弓箭，白马嚼啮黄金勒。翻身向天仰射云，一笑正坠双飞翼。明眸皓齿今何在？血污游魂归不得。清渭东流剑阁深，去住彼此无消息。人生有情泪沾臆，江水江花岂终极！黄昏胡骑尘满城，欲往城南望城北。

白居易在长安的居所离曲江池更近，去的次数更多，留下的曲江诗居《全唐诗》之冠，仅感秋诗就写了七八首。

他与元稹等友人经常同游曲江池。元稹有诗云："十载定交契，七年镇相随。长安最多处，多是曲江池。……"（《和乐天秋题曲江》）元和四年三月，白居易等人同游曲江和慈恩寺，兴尽之余，白居易不禁叹息道："元稹今天应该到梁州了吧！如果他也在该多好！"于是他写了一首诗题于墙壁："花时同醉破春愁，醉折花枝作酒筹。忽忆故人天际去，计程今日到梁州。"（《同李十一醉忆元九》）十余日后，他收到在剑南东川公干的元稹来信，后附了一首纪梦诗《梁州梦》："梦君同绕曲江头，也向慈恩院院游。亭吏呼人排去马，忽惊身在古梁州。"所题日期正是白居易游曲江留诗于壁那一天！

后来白居易到了江南为官，满目水乡景色，还是念念不忘曲江池。在《晚题东林寺双池》中，他写道："临流一惆怅，还忆曲江春。"在《送客归京》中，他写道："唯凭远传语，好在曲江春。"

白居易晚年发现了年轻的李商隐，认为其成就将超过自己。他的预言没有错，但是时代不同了。晚唐压抑的政治气氛严重影响了诗人的自由表达，李商隐写诗如戴着镣铐跳舞，只能在有限范围内做到最好。崔珏《哭李商隐二首》其二评价得非常准确："虚负凌云万丈才，一生襟抱未曾开。"

杜甫在安史之乱中写下《哀江头》，数十年后，李商隐到了曲江池，那是甘露之变后，他无法抑制内心的悲哀，写下了《曲江》：

望断平时翠辇过，空闻《子夜》鬼悲歌。金舆不返倾城色，玉殿犹分下苑波。死忆华亭闻唳鹤，老忧王室泣铜驼。天荒地变心虽折，若比阳春意未多。

诗中，他运用典故影射甘露之变士大夫被屠戮的现实，表达内心极度的悲痛和对社稷的担忧。诗人是敏感而先知的，曲江池也像是有感知，每次变乱它都要衰落一次，不是池畔楼阁被毁，就是湖水变小变浊，唐亡，曲江池也干涸消失。

李商隐在施展抱负无门，亦感无力力挽狂澜之后，将满腔才华投入到对艺术的无止境的追求中，深深向内心挖掘，写出了最真最美的一系列爱情诗，极大地拓宽了唐诗的意境。

去世前一年，这位情痴回到了长安，独自一人于暮秋时节来到曲江池，看到干枯的荷叶，想起去世多年的爱妻，思念之情不可断绝，写下了《暮秋独游曲江》：

荷叶生时春恨生，荷叶枯时秋恨成。深知身在情长在，怅望江头江水声。

曲江池也见证过无数美好的爱情，李商隐这首深情绵邈的曲江爱情诗，算是它另一幅动的侧影吧。

三面昆明池

我曾三次游览昆明池，每次见面，它展现给我的都是不同的侧面。

第一次其实不能算游览，因为当时昆明池还没修建好，也还不叫昆明池，叫斗门水库。那是 2017 年 3 月 15 日，我随“沣河记忆”采风团走进沣河流域采风，团中的窦文彬老师曾做过昆明池的文史顾问，他为大家争取到了难得的参观机会。当时水库刚蓄水不久，水面不大，不够壮观。春寒料峭，树木仍未吐绿，但大家兴致很高，指指点点，想象着蓄水量达到设计库容时的景象，说如果恢复成昆明池这个名字该多好！记得当时听说，按照规划，昆明池到 2020 年将和两个西湖一样大！

西安缺水，但凡水面大、绿意浓的景点，游人不断。至今我都记得大雁塔北广场的亚洲最大喷泉落成喷水，大唐芙蓉园和曲江池遗址公园开园时倾城往观的盛况。水为景观的还有东郊浐灞湿地公园、西安世博园、雁鸣湖，北郊汉城湖、西安湖、未央湖等。南郊靠近终南山，河流和水库多。只有我家乡所在的大西郊地区，一直缺少生态公园，沣河也一度瘦弱不堪。西咸新区设立之后，沣河水丰沛起来，有了沣河湿地公园。我小时候处于断流状态的沙河也将蓄水，重现昔日胜景了。一河之隔的沣东新城得地利之先，成为西咸新区发展最快的区域。斗门水库就定位为给西咸新区沣东、沣西两座新城提供生活和工业用水。这是第一次昆明池之行，它留给我的最深的印象之一。

第二次便是真正意义上的游览了。2017 年 10 月 22 日，昆明池一期七夕公园开园不久，我和家人一起往游。据报道，国庆期间昆明池接待了一百零一万游客，最高日流量达二十万人次以上。尽管此时的一期工程水域面积只有整体的二十分之一，但对西安人来说已经很轰动——千年神池重现是一定要亲见的。一点不亚于曲江南湖开园那天，堵车不说，停车场也爆满，我们好不容易在北门处找到了停车位，下车后就从北门入园。昆明池建七夕主题公园是有历史依据的。昆明池汉代即有河汉、石爷石婆庙，牛郎织女的传说据说就源于此地。成书于东汉末的《三辅黄图》记载："昆明池中有二石人，立牵牛织女于池之东西，以象天河。"七夕公园内花草繁盛，到处可见爱情和婚姻主题的雕塑，有牛津女渡、司马相如和卓文君，有二十六婚。最美的自然是阔大的湖面。湖上一座石桥，就是鹊桥，雕五十二鹊。岸边有牛郎和织女踩着鹊桥相会的雕塑，牛郎一手牵着一个大孩子，另一手抱着一个小的，小孩子的手伸向从鹊桥下来的妈妈。

在中国古代，受儒家礼教的约束，爱情一直都不是文学的重点，写妻子和爱人的诗相对稀少，似乎家国天下才是男儿应该考虑的。关于爱情的民间传说和文人作品中，牛郎织女的结局还算是圆满的，毕竟他们每年七夕之夜都可以相会，毕竟他们还生了两个孩子。司马相如和卓文君总体上也以美好收场。可见七夕公园选模范佳偶选得用心——唐明皇杨贵妃尽管很有名，却很不吉利。

这第二面，昆明池于我而言不再是中性的"它"，而是"她"，温柔、姣好。诗人们笔下的"她"有杜甫"织女机丝虚夜月，石鲸鳞甲动秋风"（《秋兴八首》其七），有童翰卿"一片昆明石，千秋织女名。见人虚脉脉，临水更盈盈。苔作轻衣色，波为促杼声。岸云连鬓湿，沙月对眉生。有脸莲同笑，无心鸟不惊。还如朝镜里，形影两分明”（《昆明池织女石》），等等。

第三次游览昆明池是去年7月31日。路遇瓢泼暴雨，一时间天昏地暗，直欲掉转车头回家，所幸只下了一阵就停下，天空稍放晴。雨后游人不多，这次得以停车正门。从正门走进不远，就望见一艘巨大的楼船，船首昂然屹立着巨型汉武帝雕塑，汉武帝身后是一众汉家男儿，威严肃穆，自信豪迈，彰显着大汉雄风。楼船目测高数十米，周围喷泉如瀑，很是壮观。楼船和雕塑表现的是“汉习楼船”：汉武帝欲开辟西南丝绸之路，屡为昆明国所阻，甚至使者被害，于是武帝就令人在此依势开凿了昆明池，并修造有楼台的大型战船，专供士兵操练水战。唐人王起《昆明池习水战赋》：“凿昆明之澹澹，习水战之雄雄。”《三辅旧事》：“昆明池……中有戈船各数十，楼船百艘，船上建戈矛。”《汉书·食货志》：“治楼船，高十余丈，旗帜加其上，甚壮。”杜甫晚年在三峡里的夔州思念长安：“昆明池水汉时功，武帝旌旗在眼中。”（《秋兴八首》其七）清末光绪帝感甲午海战失利之耻：“水战原非陆战同，昆明缅想汉时功。”（《昆明池习水战》）颐和园里始自乾隆的昆明湖，也得名自武帝昆明池，乾隆欲以此提醒自己奋发有为、自强不息。汉武帝凿通西域，北逐匈奴，南收百越，眼界很大，所以他才把这么大一个湖叫池，不叫海，也不叫湖。经过数年的操练，汉武帝训练出了一支出色的水军，不战而胜，令昆明国和平内附，西南丝绸之路从此畅通无阻。昆明池出色地完成了使命。这次，昆明池于我又是“他”了，大汉男儿的“他”，威武雄壮的“他”，说出“明犯我强汉者，虽远必诛”的“他”。

大唐初建时，唐高祖李渊还曾在昆明池“宴百官，习水战”。汉唐雄风，汉唐总是并举，这是有道理的。

这就是我所见昆明池三个侧面，把民生的、寄情的、励志的三种功能合为一体，这样的湖池并不常见。

那片难忘的山林

大唐天宝五载（746）初夏，三十五岁的杜甫结束了长期的漫游生活，告别了李白，来到了长安。

长安城繁华的景象，唤起了他儒家的入世热情："自谓颇挺出，立登要路津。"（《奉赠韦左丞丈二十二韵》）于是，他先后应诏赴试、投诗干谒、献三大赋，结果却都失败了，只好旅食京华、寄人篱下。

"郎官丛里作狂歌，丞相阁中常醉卧"（任华《寄杜拾遗》），他曾在高朋满座中迷失过自我，以为自己朋友满帝京，不承想结交的权贵后来都疏远了他，明白了官场的势利与薄情。天宝十载，是年近不惑的杜甫在长安最窘迫的时期，贫病交加，连吃饭都成了问题，"少陵野老吞声哭"（《哀江头》），"此老无声泪垂血"（《投简成华两县诸子》）。在此期间，反倒是一些无权无势的朋友通过了考验，成为他一生的挚友，其中最重要的一位是比他大二十岁的郑虔。

郑虔也是盛唐一个传奇人物。他少年家贫，买不起纸，便在慈恩寺储藏了大量柿叶，每天用来练字画画。后来，他的草书可与张旭媲美，绘画被认为仅次于王维。他精通音律，博古通今，当朝廷协律郎时撰成八十余卷当朝史志，却遭人诬告私撰国史。他不得不将稿焚去，但还是因此外贬十年。唐玄宗爱其才，在其山水画上御题“郑虔三绝”，并诏授其广文馆博士，人称郑广文。但也仅此而已。他依旧穷困，与杜甫一样怀才不遇。二人相见恨晚，喝酒“忘形到尔汝”（杜甫《醉时歌》）。他们是酒友，更是知友，常常互开玩笑。杜甫给郑虔写的诗流传下来的就有二十多首，比写给李白的还要多。

杜甫在长安的最后四五年不再那么窘迫凄惨，其中重要的一个原因就是有了这位知心朋友。郑虔居所在城南韦曲附近，那一带川原缭绕，溪流潺潺，山林密布，一有时间，郑虔就带着杜甫徜徉于城南的山水之间。于是，这一时期的杜甫，留下了很多描写城南的美丽诗篇，至今仍为人津津乐道。其中他写的最多的，就是何将军山林。

天宝十二载初夏，主人何将军邀请郑虔与杜甫来自己的山林游玩。《钱注杜诗》注引《通志》：“少陵原乃樊川之北原，自司马村起，至何将军山林而尽。其高三百尺，在杜城之东，韦曲之西，上有浮图亦废，俗呼为塔坡。”元代李好文《长安志图》：“曰塔坡者，以有浮屠故名，在韦曲西，何将军之山林也。”据此可以确定，何将军山林位于今天的塔坡村及清凉山公园一带，而不是某些人以为的神禾原畔何家营村。至于何将军，也不可能是何家营村史认为的郭子仪偏将何昌期，何昌期祖孙三代均为广东云浮镇将，何昌期在天宝十四载安史之乱爆发后才应募加入郭子仪的朔方军，后来立下战功。何家营村或许与其曾经屯兵当地有关，但何将军山林确实与他扯不上关系，因为他与杜甫没有时间上的交集。何况这么大的一座山林，没有几代传承是不可能形成的。

何将军山林到底多大？明代王嗣奭在《杜臆》中说：“山林与园亭不同，依山临水，连村落，包原隰，混樵渔，王右丞辋川似之，非止一壑一丘之胜而已。”杜甫的诗也能印证，何将军山林须骑马才能游览完，走路是不行的。景点也很多，风光各异，给初访的杜甫留下了难忘的印象，因此他一写就是十首。这组诗题为《陪郑广文游何将军山林十首》。

且看第一首：

不识南塘路，今知第五桥。名园依绿水，野竹上青霄。谷口旧相得，濠梁同见招。平生为幽兴，未惜马蹄遥。

诗中的“南塘”今已不知为何处，但在塔坡村西三公里仍有第五桥村，联系组诗第八首“忆过杨柳渚，走马定昆池”句，可知杜甫和郑虔自西而来，因为定昆池故址就在第五桥村西边不远。二人骑马跨过第五桥，何将军的山林就隐隐在望了。

如果了解杜甫在长安的艰难处境，就能想到他写这样轻快的诗歌该是多么难得。在其他几首诗中，杜甫写到了山林里的百顷风潭、竹林房屋、池塘假山、石桥瀑布、枣林石林……极尽赞叹，有如武陵人来到了桃花源中。

其中第三首有句云：“万里戎王子，何年别月支？异花开绝域，滋蔓匝清池。”人们一般认为“戎王子”是来自万里之外的奇花异卉，“月支”即西域大月氏，也就是说，认为这首诗写的是西域之花。但也有人考证说，杜甫在这首诗里以西域之花喻来自西域的王子后裔何将军，依据是《大唐故右领军卫上将军赠太子少保何公墓志铭》，墓志主人何文哲被认为是杜甫诗中何将军第三子，“公本何国王丕之五代孙，前祖以永徽初款塞来质，附于王庭”。何国即西域和中亚的昭武九姓国之一，后来国人以国名为姓。又由此考证出何将军名何游仙，是唐朝附属国何国国王的后裔（戎王子），其族至唐朝长安后等四代。杜甫笔下规模宏大的山林，确也只有这样的家族经过多代的经营才能形成。

何将军山林的美景让杜甫难以忘怀，在第四首中他写道：“词赋工无益，山林迹未赊。尽拈书籍卖，来问尔东家。”说词赋写得再好也没有什么用，自己至今仍未得一官半职，还是该归隐山林，不如卖掉自己的藏书，来向何将军租一小块地，卜居于此，尽享山林之乐。

在最后一首诗中，他的恋恋不舍跃然纸上：

> 幽意忽不惬，归期无奈何。出门流水住，回首白云多。自笑灯前舞，谁怜醉后歌。只应与朋好，风雨亦来过。

王嗣奭评价杜甫这组诗说：“此十诗明是一篇游记，有首有尾，中间或赋景，或写情，经纬错综，曲折变幻，用正出奇，不可方物。”王世贞也赞叹说：“何氏十五首（含重游诗作），遂为咏园林之冠，为其人工之极，更近自然，不浅不深，恰好而止。”

想必同行的郑虔心情仿佛。两个怀才不遇的人，能够一起忘情于山水，互相唱和，又是在这么美的地方，这难道不是一种幸福？

两人怎能轻易忘掉那片秀丽的山林呢？第二年春天刚至，杜甫就在想何将军山林东桥边是否长出新竹了，于是捎个信去，“问讯东桥竹”（《重过何氏五首》其一）。热情好客的何将军回信邀二人故地重游，并多住些日子。杜甫自然喜出望外，“倒衣还命驾，高枕乃吾庐。……重来休沐地，真作野人居”。

第二次游览，他写下了组诗《重过何氏五首》。

第二首有句：“山雨樽仍在，沙沉榻未移。犬迎曾宿客，鸦护落巢儿。”说他上次来时喝酒用的酒杯还在，睡过的床榻依然，那只狗也还认识他，摇着尾巴欢迎他再次到访，真是一幅温馨的画面。

第三首的画面就更美好了：“落日平台上，春风啜茗时。石栏斜点笔，桐叶坐题诗。翡翠鸣衣桁，蜻蜓立钓丝。自今幽兴熟，来往亦无期。”说傍晚在山林中饮茶，兴之所至，倚着石栏在桐叶上题诗，翡翠鸟在晒衣架上鸣叫，蜻蜓则安静地立于钓丝之上，自己在这里已颇习惯，以后要多来了。

这次离开的时候，他还和上次一样感到惆怅：

> 到此应常宿，相留可判年。蹉跎暮容色，怅望好林泉。何日沾微禄，归山买薄田？斯游恐不遂，把酒意茫然。（其五）

他的担忧变成了现实，因为第二年就是天宝十四载，安史之乱爆发，大唐急转直下，偃武修文的何将军无法置身事外，重着戎装，走向了沙场。他身后那一片难忘的山林从此淹没在历史的尘沙之中。杜甫，这位中国最伟大的难民，也开始了他的逃难之旅，隐居山林的梦想破碎了。而忘年交郑虔，长安城破时被叛军所虏，因而后来贬官台州，从此再也没能回来。

三百年后，北宋元祐年间，文士张礼偕友游长安城南，撰《游城南记》。他吟诵着杜甫写何将军山林的诗句，寻访山林之所在——“至韦曲，扣尧夫门，上逍遥公读书台，寻所谓何将军山林，而不可见。因思唐人之居城南者，往往旧迹湮没，无所考求，岂胜遗恨哉？”

就在我眼前，塔坡清凉山公园有山有林，有湖有船，有竹林有石桥，有欢声有笑语，可惜，已没有了倚着石栏在桐叶上题诗的人了。

沣河边的唐朝故事

提到沣河的辉煌历史，人们首先想到的就是西周王朝的丰镐二京。周文王作邑于丰，武王建都于镐，丰镐位于沣河两岸。文武二圣的丰功伟绩自不必多言，周公制礼作乐，成康之治，宣王中兴，都始于沣河两岸，《诗经》也自沣河边发源，这的确是一条浸润着周礼文化的河流。作为生长于沣河边的孩子，我从小就感受到周文化的气息了。当我在沣河入渭处看到建设中的沣河周文化主题公园，觉得公园的定位是很准确的——虽然那里已经属于咸阳，秦的都城，但人们知道，这条河并不是秦文化的象征，它的文化更为深邃，历史更为邈远。

沣河最足自豪的人文积淀是在西周，但在那以后每个历史时期，它也都有故事，在西汉有昆明池及牛郎织女的传说，在大唐，在辉煌的唐诗中，它当然也不会缺席。

唐代贵族及诗人喜欢在离京城长安较近的城东浐灞或城南樊川购置别业，沣河在长安以西，离得比较远，但这么一条传奇的河流，诞生了《诗经》诸多篇章的河流，怎么会被诗人忽视呢？

盛唐山水诗人祖咏的杰作《苏氏别业》写的就是朋友在沣水边的园林：“别业居幽处，到来生隐心。南山当户牖，沣水映园林。屋覆经冬雪，庭昏未夕阴。寥寥人境外，闲坐听春禽。”

钱起与郎士元是好兄弟，二人交游之作很多，在盛唐后颇为有名，有“前有沈宋，后有钱郎”之说。郎士元在沣河西岸有一座别业，名叫“半日吴村”，钱起多次来访，有诗曰：“半日吴村带晚霞，闲门高柳乱飞鸦。横云岭外千重树，流水声中一两家。……”（《题郎士元半日吴村别业兼呈李长官》）从诗中描述来看，半日吴村的确一派江南吴地景象。

与钱郎同时的韦应物，是唐代山水诗派重要诗人，与王维、孟浩然柳宗元并称“王孟韦柳”。他中年称疾辞官，卜居沣河上游。在此定居缘起一次遇雨经历，当时他躲到茂密的竹林中，信步穿过竹林，到了沣河边，看到河水清澈，河岸回旋曲折，风景优美，发出了“适自恋佳赏，复兹永日留”（《登西南冈卜居遇雨寻竹浪至沣壖萦带数里清流茂树云物可赏》）的感慨，于是便在东岸构筑别业沣上精舍。他一住很多年，将两个弟弟也接了过来，还在此教授学生，留下了大量吟咏沣河的诗作。他在春日寄友人的诗中这样描述悠闲的沣上生活：

> 谷鸟时一啭，田园春雨余。光风动林早，高窗照日初。独饮涧中水，吟咏老氏书。城阙应多事，谁忆此闲居。（《春日郊居寄万年吉少府中孚三原少府伟夏侯校书审》）

柳宗元与沣河的渊源比韦应物要深。他从小便住在沣河中游东边的京西庄园里，地点大致相当于今日之王寺镇。被贬永州时，他写信给朋友，信中倾诉了对旧居的怀念：“城西有数顷田，树果数百株，多先人手自封植”。可见柳宗元时柳家已定居京西庄园很久了。柳宗元终生都怀念着这处长安旧宅。这一带多果木园林，有以善种果树闻名的乡人郭橐驼，柳宗元写有名作《种树郭橐驼传》，兼具寓言和政论色彩。

即便到了晚唐，诗人雍陶还有《城西访友人别墅》一诗，说明时局危重之际，沣水边还是一派田园风光：

沣水桥西小路斜，日高犹未到君家。村园门巷多相似，处处春风枳壳花。

达官贵族在沣河畔构筑的别业，有唐代开国功臣李靖之弟李客师昆明池南的一座。李客师官至右武卫将军、幽州都督，以战功累封丹阳郡公。《旧唐书》记载，李客师“性好驰猎，四时从禽，无暂止息。有别业在昆明池南，自京城之外，西际沣水，鸟兽皆识之，每出则鸟鹊随逐而噪，野人谓之鸟贼”。看来武将李客师闲不下来，不能驰骋疆场，就驰猎于水草丰美的沣河一带。这也说明唐时沣河边的生态环境确实好，各种水鸟都栖居于此。

唐诗中送别之诗颇多，最知名的送别之地非灞桥莫属，灞桥柳的典故直至今天还被人津津乐道。其次是渭城送别等。沣河作为城西最重要的一条大河，自然也曾上演过无数场送别。

盛唐诗人皇甫冉在沣水送别朋友，诗云：“麦秋中夏凉风起，送君西郊及沣水。孤烟远树动离心，隔岸江流若千里。……”（《沣水送郑丰鄠县读书》）

沣河边最著名的送别故事属于元白。

元和十年（815）对诗人们来说是悲情的一年。这一年春天，柳宗元等五位司马被召回长安，不久又被外放，离开时他们走的是灞桥。元稹被召回后旋即贬谪通州（今属重庆），要走西路。那年三月二十九日，元稹启程，白居易一直送到沣水边的蒲池村，两人借宿一晚，彻夜长谈，次日在沣水边依依分别。白居易写诗道：

城西三月三十日，别友辞家两恨多。帝里却归犹寂寞，通州独去又如何？（《城西别元九》）

元稹回赠：

今朝相送自同游，酒语诗情替别愁。忽到沣西总回去，一身骑马向通州。（《沣西别乐天博载樊宗宪李景信两秀才侄谷三月三十日相饯送》）

白居易回来后又写了一首《醉后却寄元九》：

蒲池村里匆匆别，沣水桥边兀兀回。行到城门残酒醒，万重离恨一时来。

沣河有幸，见证了两位大诗人的深情厚谊。

沣河与唐代的皇帝及政局也不无联系。隋大业二年（606），李渊在长安，曾多次去沣河流域的草堂寺，为时年九岁、体弱多病的次子李世民祈福，留下了《为子祈疾疏》石碑，据说此碑现仍存于草堂寺。李世民登基后带着文武官员去草堂寺降香还愿、祝祷国泰民安，途中经过沣河，沣河两岸从此留下了众多与李世民有关的地名，比如今西安细柳街道等驾坡、东大街道落驾庄和惊驾村，等等。

唐僖宗广明元年（880）末，声势浩大的黄巢起义军攻陷了长安，建立了大齐政权，唐王朝遭受重创。皇帝逃离长安，唐军反攻不利，最后还是沙陀人李克用领兵南下，多次激战后击退了起义军，挽救了唐王朝。

李克用以首功获封安丰侯，后为河东节度使、晋王。这条强龙之后又两度入关强压地头蛇——连败关内三大节度使邠宁节度使王行瑜、镇国节度使韩建和凤翔节度使李茂贞。这三人都想挟天子以令诸侯，联兵进犯长安，朝廷不敌，两位宰相被杀，唐昭宗逃亡终南山下，下令各藩勤王。别人不敢也不愿入关，唯有李克用再次领兵，先后击败三大强藩。可昭宗不放心外族人，担心善战的沙陀人尾大不掉，在李克用灭掉王行瑜后不进反退，予以调停，后来，昭宗反吃尽了李茂贞和韩建的苦头。

李克用作为唐末藩镇的主力之一，多次入关拯救朝廷于危难，之后又撤回河东，并不在关内谋求地盘，这一点颇得民心。沣河两岸长安、鄠邑一带至今流传着诸多关于李克用及其义子李存孝的故事，很多地名也得自这段历史。

李克用和李存孝多次在沣河边的秦渡镇、细柳、灵沼等地屯兵或征战，当时沣河上几座桥都是李克用为便于用兵而修建的，客观上也造福了当地百姓。李存孝后来袭安丰侯，据说他的后裔散布沣河沿岸，长安细柳、灵沼冯村等都建有安丰祠或晋王祠，沣河畔今兴隆街道更有村庄名安丰，全村大多姓李。

还有僧人在沣河留下的故事。唐代佛教盛极一时。沣河的源头终南山沣峪内，有汉传佛教八宗派之一律宗的两座祖庭净业寺和丰德寺，都建于唐初，盛于整个唐代。唐高祖武德七年（624），高僧道宣律师来净业寺弘扬律宗。贞观年间，他又住在净业寺北边的丰德寺，据宋敏求《长安志》记述，麟德二年（665），唐高宗诏令道宣于丰德寺建石戒坛。两年后，道宣律师圆寂，唐高宗诏令天下寺院奉供道宣画像。1983 年，国务院将净业寺列为全国汉传佛教重点寺院之一。

周文王所建之三灵——灵台、灵沼、灵囿，大致位于沣河边今长安区灵沼街道，那里至今仍有一片夯土高台，被认为是灵台遗址，上面建有平等寺。《长安县志》（1999 年版）记载，平等寺修建于唐代，内有文王庙。佛家的慈悲对应文王的仁慈，也算是不屈古人。多亏平等寺，灵台遗址至今犹存，而灵沼和灵囿的所在已追寻不到了。

沣河畔还有另一座寺院——位于今沣东新城王寺街道的西山寺。唐贞观元年（627）八月，玄奘西出长安去印度取经，第一站是沣河边的圣女泉。玄奘下马拜泉，又牵马饮水，稍事休息后匆匆西去。十七年后，玄奘取经回国，第二年，他在当年西行第一站圣女泉旁建造了西山寺，以示纪念。而今的西山寺已非唐时古建筑，但规模很大，香火很旺。

三百年的大唐，在沣河这片水域留下了多少美丽的故事啊，我所提及的不足万一。“逝者如斯夫，不舍昼夜”，故事一直在流传，正如沣河水流淌不息。

山里山外话五台

每逢节假日，西安人最常去的休闲之处便是秦岭北麓的各大峪口，从西沣路到沣峪，子午大道到子午峪，雁引路到大峪、小峪，甚至自较远的西太路到太平峪，都是常见的选择。而正对西安南北中轴线，距离也更近的石砭峪，相形之下，游人流量却很小。

车经宽阔的长安大道，穿过环山路继续南行，不一会儿就钻进了石砭峪，沿山路左盘右弯，很快就望见一大片清澈的湖泊，这就是石砭峪水库了。这里山光水色，绿意葱茏，可为什么没有其他峪口那么多游人呢？恐怕是因为石砭峪水库是西安三大水源地之一吧，它的库容量为两千八百万立方米，每天供给西安市民所需用水量的十分之一。自然这里的生态环境一定要保护好，旅游不是它的主要功能。在正建设的引乾济石水利工程中，柞水县境内汉江支流乾佑河的水将通过输水隧洞先引到石砭峪水库来，正式通水后，每年将供给西安市民用水量的三分之一。联想到唐时长安城百万人口的生活用水，发源自石砭峪的潏河水就是极为重要的水源之一，故无论立足历史还是现实，到这里来，都应该抱着谦卑和感恩之心。

石砭峪属于长安区五台街道。往前追溯，石砭峪等几个峪自乾隆年间设置宁陕厅（县）以来就划给了宁陕。新中国成立后，1950 年 11 月，又将秦岭以北的七个半峪子划归了长安县，从此有了石砭峪乡。石砭峪里更有十二道沟峪和七座山村，每道沟峪都发源出一条小河，是的，这里就是源头，众河汇聚向北流去，就成了大名鼎鼎的滈河。在水利水库方面，五台街道的贡献可谓大矣。

牛背梁就是这一带的秦岭分水岭，当然也是长安五台与柞水营盘镇的界山。牛背梁国家自然保护区，五台也占有其半壁。从五台开始的西康铁路秦岭隧道是我国最长的铁路隧道，1999 年开通，当时的亚洲第一。与它并行的是世界最长的双洞高速公路隧道——秦岭终南山隧道，起始于五台街道青岔村，穿越牛背梁，近三分之二都在五台境内，这座隧道单洞长达十八公里，2007 年通车，创造了六项世界之最。火车或汽车驶入长长的隧道，将近二十分钟后，豁然开朗，就进入陕南地界，或者说，进入了中国的南方，从黄河流域来到了长江流域，所以说五台是中国南北交通大动脉也不为过。其实，在交通上，五台还以更早的一项工程为傲，那就是从西安到五台弥陀寺的西弥公路，修筑于 1933 年，是长安县有史以来的第一条公路。在交通领域，山地居多的五台居然有那么多的第一，恐怕很多人都不知道。

2002 年长安县撤县设区，石砭峪乡并入了五台乡，2009 年五台乡又提升为五台街道。山川占地 85%（一百四十平方公里）、平原占地 15%（二十三平方公里）的街道在全国也应该极为少见吧。五台街道山川面积在全区仅次于西邻滦镇街道，而平原面积却是最小的，可以想见，五台街道的人口在全区也最少，共约一万五千人。居民不算多，但南五台、石砭峪内的僧人与修行者却在终南山中最多，这里是隐士修行的首选，有名的大小茅棚都在这里。可想而知，五台街道的森林覆盖率和绿化率绝对是全国领先。山中有近两千种植物，有活化石孑遗植物、观赏珍品七叶树、望春花等，被称为博大的天然植物园、活的根雕博物馆。

五台的得名是因为境内的佛教名山南五台，而南五台是因与北部耀县的北五台（即药王山）相对而得名的，最初南五台名太乙山。南五台是终南山中段的主峰，海拔一千六百八十八米。由五座山峰组成，俗称五台，即观音台（即大台）、文殊台、清凉台、灵应台、舍身台。这里峰峦叠嶂，风光秀丽，有“西部庐山”之称。《关中通志》说：“今南山神秀之区，惟长安南五台为最。”在南五台留诗的有唐太宗李世民、白居易、孟郊、司空图等人，以白居易那首《登观音台望城》最为有名：

百千家似围棋局，十二街如种菜畦。遥认微微入朝火，一条星宿五门西。

白居易还登五台之灵应台北望长安，强烈的对比让他感觉自己在万丈红尘中如沧海一粟：

临高始见人寰小，对远方知色界空。回首却归朝市去，一稊米落太仓中。（《登灵应台北望》）

钱起夜宿灵应台寺，置身于高山上的寺院，自然感慨良多，他写诗寄另一位诗人郎士元说：

西日横山含碧空，东方吐月满禅宫。朝瞻双顶青冥上，夜宿诸天色界中。……（《夜宿灵台寺寄郎士元》）

古时诗人写到终南山，凡“中峰”，通常就指的是南五台大顶。五台是终南山国家森林公园的核心景区，四大景区里三个都在五台境内，分别是南五台景区、石砭峪景区和罗汉坪景区。

南五台有五位菩萨的道场，以观音菩萨道场为主。在这里流传着观音菩萨的诸多传说，最有名的就是观音降服火龙的故事，南五台许多庙里的观音菩萨像也都骑着火龙。南五台原有寺庙上百座，还有七十二汤房供人修行。至今，圣寿寺、弥陀寺、紫竹林、圆光寺、西林寺、五马寺、白衣堂、胜宝泉、下宝泉、五百罗汉堂等等佛教名胜，仍然香火旺盛。下宝泉处原有宝泉寺，始建于西汉时期。建于隋代的圣寿寺塔是全国重点保护文物。五台的佛寺之多可谓终南山之最，山上、山下没哪座村里没有寺庙。这里的山民有护持修行者的良好风气，因此，在五台山和石砭峪里的深山中搭建茅蓬修行的人很多。

即便到了近现代，这里也是人文历史荟萃。关中大儒柏景伟先生曾移居南五台下宝泉读书，至今仍有“漱石枕流”、“柏沣西先生读书处”摩崖石刻。这里还是 1944 年国共两党的高级官员张治中、邵力子、林伯渠、吴玉章为抗战秘密会谈之处。

一百四十平方公里的终南山神秀之区，它的前世今生说也说不完。

我们把视线移到山下的平原。石砭峪内的七座山村近两千居民也将陆续搬迁到山下平原的新型农村社区，该社区是按照乡村游的景区设计的。

五台街办驻地留村是终南山下有名的大村古堡，居民近五千人。原有土石垒砌的高大城堡和四座城楼，城墙基础宽六米，上面也有两米宽，城墙外三面都有护城河，另一面挖有深沟，可惜这些大都毁于“文革”中。长安有好多留村，大多源自西晋五胡乱华、永嘉南渡中未南迁的土著，与羌村、氐村相对。

还有另外一种说法，说五台留村有留侯广惠庙，因西汉留侯而得名。每年留侯张良生日那天，都有秦腔大戏在这里隆重演出，是时万人空巷，盛况空前。留村还曾有唐文宗时建立的终南山祠，用于祈求风调雨顺。留村旁的东甘村、西甘村，据记载，就是秦汉时祈求天降甘露的古甘露寺所在。留村自古就有多所寺庙，为南五台寺庙的下院。留村西寺遗址还发现有北宋和元代的碑刻。

留村在新时期有新的机遇。而今从宽阔的环山公路边就可以看到留村雄伟的城楼，上书“五台古镇”四个大字。内有仿古式步行街名西弥街，青砖黛瓦，规划齐整，古意盎然，有潺潺流水从中穿过。

顺着西弥街一直走下去，就可以走到关中民俗博物院，博物院的创始人是全国人大代表，出于对传统民俗文化的热爱，三十余年来致力于抢救和保护明清关中民居瑰宝。如今博物院内古民居众多、拴马桩林立，走进去仿佛时光回到了明清时代。它成为国家 4A 级旅游景区不足为奇。选址于南五台下、石砭峪口、古留村后，如此深厚的历史文化底蕴，真是得天独厚。

一个在水利、交通、自然、宗教、古迹和民俗文化上都占据如此重要地位的街道，却如五台山里的修行者那般低调，以至于很多长安人也不了解它。

第二辑　那时的诗人

天宝十载的杜甫

天宝十载（751），是一个多灾多难的年份，但京城长安承接开元盛世，仍是一片升平景象。

前一年被封为东平郡王的安禄山，这一年二月又求兼河东节度使，玄宗许之，至此，安禄山身兼平卢、范阳、河东三镇节度使，于是在长安大起府邸，史载“但穷壮丽，不限财力”（《资治通鉴·唐纪》）。这一年四月，鲜于仲通率唐军征讨南诏，南诏阁罗凤遣使谢罪，不准，战于西洱河，唐军惨败，战死者六万余人，但杨国忠仍掩败报奏战功。这一年七月，高仙芝率唐军击大食，败于怛罗斯城，中国造纸术由战俘传入了阿拉伯。这一年八月，安禄山率六万唐军出讨契丹，至契丹牙帐，大败，死伤略尽，逃回后迁怒部下，杀其大将二人，史思明逃走幸免，后安史二人和好。这一年，长安城内的武库还发生了火灾，烧毁兵器三十七万件。

天宝十载，李白赐金放还七年，他已经五十一岁了，日子过得倒还滋润。这一年他与宗楚客的孙女结婚，这是他第二段也是最后一次正式的婚姻。此后的十来年间，宗氏一直照顾着我们的大诗人，大诗人在离别时，也多次因思念而写诗寄内，看来诗人终于找到了真爱。不过，浪漫主义的李白这一年写了一首现实主义的《古风》(其三十四)，表达了对杨国忠等发动南诏战争并瞒报战况的极度不满，内容与杜甫天宝十一载所写的《兵车行》一样，充满了反战的人道精神。

国事如何，友人如何，天宝十载的杜甫恐怕是无暇他顾的，这一年他四十岁，来到长安已经五年了。初来时“自谓颇挺出，立登要路津。致君尧舜上，再使风俗淳”(《奉赠韦左丞丈二十二韵》)的希望，已经在应诏、投诗均告失败后，受到了严重的打击。但他还没完全死心，天宝十载正月，玄宗祠太清宫、太庙，祀南郊，机会来了，杜甫“不觉手足蹈舞，形于篇章”，接连写就《朝献太清宫赋》、《朝享太庙赋》、《有事于南郊赋》，极力歌功颂德，文辞华赡。三大礼赋托人献上之后，好大喜功的玄宗自然大悦，“使待制集贤院，命宰相试文章”(《新唐书·杜甫传》)。可那宰相是谁？就是口蜜腹剑的李林甫，天宝六载玄宗下诏求士时，以“野无遗贤”相对的主儿。那次未录一人，这次自然不能自己打自己的嘴巴，李林甫装模作样试文章后“送隶有司，参列选序”，然后自然就没有下文了。至此，杜甫在仕途上的几种途径都此路不通，心情低落到了谷底。

这年春天，他受贺兰杨长史之邀，登乐游原游宴，美丽壮观的风景，歌舞升平的氛围，觥筹交错的热闹，与他凄凉悲痛的心境形成了鲜明的对比，他写了一首《乐游原歌》，前面极力铺陈乐游原春日的景色，以及原下曲江的热闹，后面回到自身，感慨良多：“却忆年年人醉时，只今未醉已先悲。数茎白发那抛得，百罚深杯亦不辞。圣朝亦知贱士丑，一物自荷皇天慈。此身饮罢无归处，独立苍茫自咏诗。”同是酒宴后赋诗，与五年前刚来到长安时他踌躇满志写下的充满浪漫情怀的《饮中八仙歌》比起来，简直天上地下。

不过，杜甫这一年的悲惨命运才刚开了个头。这几年的生活，史书称其“寄食长安”或“旅食京华”，靠相识的达官贵人或亲友资助，寄人篱下，本想着以自己“读书破万卷，下笔如有神”的才能，求取功名易如反掌，结果却仍遥遥无期。生存逼得他卖药于市，仍还不足。看好他的那些贵人们是现实而势利的，他们才不会因为你诗写得好而一直记挂你，于是他的处境越来越艰难了。

这一年的秋天，长安苦雨连绵，受灾严重，民居多有损坏，此时的杜甫卧病旅社，门外积水成池，因阴湿之气患上了严重的肺病，一直到他老死，此病也未痊愈。祸不单行，他又染上了疟疾。在《病后遇王倚饮赠歌》一诗中，他对此有所描述：

> ……王生怪我颜色恶，答云伏枕艰难遍。疟疠三秋孰可忍，寒热百日相交战。头白眼暗坐有胝，肉黄皮皱命如线。惟生哀我未平复，为我力致美肴膳。遣人向市赊香粳，唤妇出房亲自馔。……故人情义晚谁似，令我手脚轻欲漩。老马为驹信不虚，当时得意况深眷。但使残年饱吃饭，只愿无事长相见。

尽管这是一首表达感激的诗，但最末一句仍然令人不胜唏嘘，一个曾写出过“会当凌绝顶，一览众山小”的诗句，发出过“致君尧舜上，再使风俗淳”的宏愿的大诗人，居然可怜到“但使残年饱吃饭”的地步，这到底是谁的错？

这年冬天也比往年更冷，贫病的杜甫居住在少陵原畔，气候冷，心里更冷，苦寒饥饿日日相迫，故旧也多断绝来往，乡里后辈及宗亲的轻视与欺辱，种种世态炎凉，都使得“少陵野老吞声哭”，他写诗给友人说：

> ……长安苦寒谁独悲，杜陵野老骨欲折。南山豆苗早荒秽，青门瓜地新冻裂。乡里儿童项领成，朝廷故旧礼数绝。自然弃掷与时

异，况乃疏顽临事拙。饥卧动即向一旬，敝裘何啻联百结。君不见空墙日色晚，此老无声泪垂血。（《投简成华两县诸子》）

2012年10月，在全国多个地方举办过纪念杜甫诞辰一千三百周年的活动之后，杜甫曾居住了十年的长安，也在少陵原畔的杜公祠举办了盛大的纪念诗会，长安作协邀请了年届七十的李希仲老先生给大家讲杜甫在长安的经历，当讲到天宝十载的冬夜，杜甫孤身一人在少陵原的窑洞里，连一床被褥都不完整，得了肺病彻夜咳嗽的时候，老先生哽咽了，竟至于旧病复发，闭上眼好一会儿缓不过气，大家赶紧送医。

天宝十载，这一年真的好漫长啊，这难挨的一年，再苦再难再狼狈，也终于还是到了岁暮。杜甫在从弟杜位宅守岁，杜位人如其名，看中的是官位、地位，喜欢攀龙附凤，终于攀上了李林甫，当了奸相的女婿。所以在杜位家，看到势利之徒争相趋炎附势来拜访杜位，杜甫的心情格外复杂，作有《杜位宅守岁》："……四十明朝过，飞腾暮景斜。谁能更拘束，烂醉是生涯。"杜位等达官贵人自然对无功无名的杜甫冷眼相待，诗人又作《贫交行》："翻手作云覆手雨，纷纷轻薄何须数！君不见管鲍贫时交，此道今人弃如土。"

被圣朝及权贵抛弃，甚至被同样贫苦的世俗之徒抛弃，杜甫悲愤之余，体会到了盛世之下最底层人的生活现状，自己"生常免租税，名不隶征伐"（《自京赴奉先县咏怀五百字》），在所谓盛世竟也落到了如此境地，那些还要交地租服兵役的劳苦百姓呢？他痛苦，他渴望了解，他开始怀疑，开始把眼光从自身的境遇投向更广阔的社会。于是，在长安，他真正能流传后世的佳作，如《兵车行》、《前出塞九首》、《丽人行》、《自京赴奉先县咏怀五百字》等，马上就要写出，而四年后的安史之乱，更是诞生了一首首哀婉动人的现实主义诗歌。

可以说，没有天宝十载这么多的磨难，就不会有"诗圣"和"诗史"，伟大的唐诗不会是如今的版图。

长安曾有杜司勋

一

提起中华文化的高峰，绕不过大唐辉煌璀璨的诗歌，诗之国度由此名扬四方，中华文化自此雄视天下。提起唐诗之盛，又绕不过双峰耸峙的李白与杜甫。越过这两座巅峰，可以看到蔚为大观的壮丽风景，有秀美的山川，有丰沃的平原，无论大河还是小溪，崇山还是小丘，都各放异彩，令人叹为观止。当你掠过晚唐快到了唐诗的终点，仍然会发现，大唐不愧是大唐，尽管行将消亡，仍然有两座山峰耸立，像是为唐诗行注目礼，做最后的惜别，这就是被誉为“小李杜”的李商隐与杜牧。大唐几乎所有重要的诗人都到过国都长安，长安籍大诗人也出了好多，其中最著名的莫过于杜牧。

比杜牧小十岁的李商隐很佩服杜牧，以见到杜牧为荣，并写下两首诗歌相赠，高度评价杜牧的诗歌成就，其中《杜司勋》诗曰：“高楼风雨感斯文，短翼差池不及群。刻意伤春复伤别，人间惟有杜司勋。”

清初编修的《全唐诗》共九百卷，收录唐代诗人2529人的诗作共42863首。这是怎样一个诗意喷薄的时代啊，难怪聪明的宋人要另辟蹊径写词去了。在唐代灿若繁星的诗人之中，余秋雨曾和两岸学子为第一等级的大诗人排序，杜牧排名第六位。这是多么高的评价啊。从小学到大学，杜牧的诗歌语文教材从来没有落下；过樊川、少陵原、乐游原、华清宫，去宣州、扬州、池州、黄州、秦淮河，甚至过清明节，我们都会想起杜牧的诗作。长安曾有杜司勋，这是多么荣耀啊！

二

杜牧生于唐德宗贞元十九年（803），京兆万年人（或称杜陵人），属显赫的京兆杜氏的一支，居住于今长安区少陵原上朱坡村附近，少陵原下就是风景秀丽的樊川，故杜牧号樊川居士。世家大族、文人名士，多在樊川一带购置别业。樊川在唐诗里出现的频率也很高。杜牧祖父杜佑，编《通典》的学者、能臣，杜牧出生这一年官拜宰相。后来杜牧在长诗《冬至日寄小侄阿宜诗》中写道：“……我家公相家，剑佩尝丁当。旧第开朱门，长安城中央。第中无一物，万卷书满堂。家集二百编，上下驰皇王。……”优越的物质条件和良好的家学，使他得以自小博览群书，视野开阔，关注国家大事。时逢唐宪宗削藩平叛节节胜利，有中兴之象，所以他喜好谈论军事，胸怀报国之志。可是好景不长，他九岁时祖父去世，十岁时父亲去世，长安城里的相府迫于债务出让，八年间十徙其居，奴婢用人走的走逃的逃，其中有三年时间，他奔走困苦，丐于亲旧，幸而后来“遭遇知己”并“及第得官”。

但这并未阻碍杜牧的雄心壮志，他继续关注时事，还详细注解了《孙子兵法》十三篇，总想着平叛征藩，为朝廷分忧。他还曾上书幽州节度使，劝其讨伐割据的河朔藩镇。二十三岁，写成著名的《阿房宫赋》，讽谏唐敬宗淫乐无度，“大起宫室，广声色”。二十五岁，感于横海节度使叛乱，写《感怀诗》，“关西贱男子，誓肉虏杯羹”，爱国之情充溢胸腔。

文宗大和二年（828）是杜牧的幸运之年，这年他二十六岁，以第五名进士及第，紧接着又制策登科，一年之中两度折桂，弱冠成名，长安城传为佳话。他在诗中写道：“家在城南杜曲傍，两枝仙桂一时芳。”（《赠终南兰若僧》）得意之情溢于言表。

之后他应世交江西观察使沈传师之请，随其赴任江西洪州（今南昌），任幕僚，两年后随之赴安徽宣城，继续任职。三年后，沈传师升京官，杜牧又被淮南节度使牛僧孺邀请赴任扬州做掌书记，沈与牛二人均为当时名臣，对他很是关照，七年幕僚生涯，他也过得比较快乐。但国事日非，几任新皇帝被宦官操纵、废立，宪宗时的大好形势已经逝去，内忧外患卷土重来。他一直梦想着回到长安，清明政治、削除藩镇、巩固国防，实现他的济世抱负，为此他写了《罪言》、《守论》、《战论》、《原十六卫》等重要的策论，还写下了许多思乡之作和咏史之作。如《秋浦途中》：“萧萧山路穷秋雨，淅淅溪风一岸蒲。为问寒沙新到雁：来时还下杜陵无？”又如《忆游朱坡四韵》：“秋草樊川路，斜阳覆盎门。猎逢韩嫣骑，树识馆陶园。带雨经荷沼，盘烟下竹村。如今归不得，自戴望天盆。”他胸中的抱负仍在燃烧：“……平生五色线，愿补舜衣裳。弦歌教燕赵，兰芷浴河湟。腥膻一扫洒，凶狠皆披攘。……”（《郡斋独酌》）

洪州、宣州、扬州，包括后来他任刺史的黄州、池州、湖州，均处于长江下游平原地带，河流交错，水路通达，山川秀丽，特别是他待得较久的宣城与扬州，历来为诗家吟咏的胜地。他有很多诗篇传世，仅在两度为官的宣城，就留下了四十余首诗作，堪与谢朓、李白的名诗媲美。至于繁华的扬州，更是与杜牧分不开，“十里扬州，三生杜牧”（姜夔《琵琶仙·双桨来时》)，浪漫风流的杜牧在这里留下了很多传世诗作，十年后回忆起来，“落魄江湖载酒行，楚腰纤细掌中轻。十年一觉扬州梦，赢得青楼薄幸名”(《遣怀》)。宋代苏东坡、姜夔等人在写扬州的词里，用起典来总少不了杜牧。余光中在名篇《春天，遂想起》一诗中也写道：“春天，遂想起/江南，唐诗里的江南……”，“江南/小杜的江南……”

的确，英俊沉下僚的杜牧曾在宣城、湖州与扬州留下了几段情。在宣城时，杜牧写有《赠沈学士张歌人》诗，描写了张歌人歌舞的风貌：

拖袖事当年，郎教唱客前。断时轻裂玉，收处远缲烟。孤直緪云定，光明滴水圆。泥情迟急管，流恨咽长弦。吴苑春风起，河桥酒旆悬。凭君更一醉，家在杜陵边。

张歌人是沈传师府中的歌女张好好，时年十二三，歌舞曼妙，清丽可人，杜牧和沈传师之弟沈述师同时看中了她，但沈述师下手快，娶其为妾，杜牧也就断了念想。不想多年后，他在洛阳为官，碰到了当垆卖酒的张好好，了解到张好好被遗弃的遭遇，十分同情，感怀往事，作长篇五古《张好好诗》赠慰。诗中描绘了当年张好好绰约动人的形象：“……翠茁凤生尾，丹叶莲含跗。高阁倚天半，章江连碧虚。……”当年他看过张好好的歌舞，三天两头便要见见张好好，诗中甚至感慨自己不如司马相如那般幸运。

杜牧的书法被时人目为颜柳后自成一家，《张好好诗》真迹是杜牧唯一传世的书法作品，经宋徽宗赵佶题名，录于《宣和书谱》，乾隆年间入藏内府。1924年，逊帝溥仪离宫时随身携带。1950年，收藏家张伯驹先生以重金购回，爱不释手。1956年，张伯驹将此诗卷捐赠政府，被故宫博物院收藏。杜牧的这幅书法名作，字如其人，潇洒风流。张好好借以在诗歌与书法史上留名，确是无比幸运。据说杜牧死后，张好好赶到墓前自尽，为知己者死，我宁信其真。

杜牧告别扬州回长安时，有诗《赠别二首》，献给一位视为知己的妙龄歌女。其一："娉娉袅袅十三余，豆蔻梢头二月初。春风十里扬州路，卷上珠帘总不如。"其二："多情却似总无情，唯觉樽前笑不成。蜡烛有心还惜别，替人垂泪到天明。"都是名诗，让千年后的读者有一睹这位扬州歌女真容的渴望。另有一种解释，说这两首诗是写于从宣城赴扬州任时，如果真是这样，那么赠别的对象必是张好好。"春风十里扬州路，卷上珠帘总不如"可以解为我将要去的繁华扬州的万千女子，都不如娉娉袅袅的你啊，而第二首中的无奈与克制，就是因为张好好那时已经是沈述师的人了。

三

大和九年，杜牧官拜监察御史，回京任职，心怀抱负。他和志同道合的朋友一起弹劾郑注、李训两位投机钻营的政客，不想二人却受皇帝重用，登上高位，并开始贬斥对手，友人为此被贬官或退隐，杜牧只好托病，改任监察御史分司东都，去了洛阳。幸亏他及时离开，此后，郑、李等人密谋诛杀宦官，事泄被宦官反扑，郑、李及宰相等数百朝臣被血腥清洗，株连两三千人，朝中为之一空，史称"甘露之变"。杜牧虽躲过一劫，但此后宦官把持朝政，他更是报国无门。

似乎还嫌不够乱，在藩镇时常叛乱，吐蕃、回鹘动辄犯边，宦官掌握生杀大权外，又爆发了"牛李党争"。牛僧孺、李德裕都算是能臣、权臣，一度也压制宦官，击退外藩，但几十年里互相排挤，作你死我活的斗争，直斗得大唐奄奄一息，直到两人都死了才消停。杜牧早期入过牛僧孺幕，感念其知遇之恩，政治理念却与李德裕投合，主张御敌削藩，使得双方都无法重用他。李德裕素奇其才，几次采纳杜牧的军事奏疏，收到了良好效果，但对其人总是不加提拔，甚至于排挤。《新唐书·杜牧传》说："牧刚直有奇节……亦以疏直，时无右援者"。杜牧不屑逢迎权贵，渐渐地也看开了，为人为文豪迈俊爽的他，虽失望但不悲观颓废，虽醉酒但不醉生梦死。与其在京城虚度年华，还不如在外州当刺史有所作为。他把他的才华、能力施展了出来，免除赋税、废除陋规、简政轻刑、剿灭盗匪、重修藏书楼，受到了池州、黄州、湖州等地百姓的称誉。

杜牧四次回长安任职，除最后一次外，时间都不算长，第三次是任司勋员外郎、史馆修撰。其时李商隐刚被任命为较低的京官，得知大名鼎鼎的杜牧回到长安，便专程拜见，并写了《赠司勋杜十三员外》、《杜司勋》两首诗，表达自己的崇拜之情。

杜牧在大中六年（852）迁中书舍人，最后一次回京任职。这是他最高的官职了。他身体越来越差，便将祖父杜佑在樊川的别业修葺一番，住了进去，然后开始整理旧作，烧掉了大部，只留下了十之二三。想那烧掉的诗作，堪为名作的恐也不少吧。他自觉不久于人世，便自撰墓志铭，不久病逝，才活了五十岁。李商隐数年后卒，享年四十六岁。小李杜比李杜短寿多了。

也罢，活久了，将会看见更多的丧乱与不堪。之后的晚唐诗坛，即便还有罗隐、聂夷中和来自池州的传为杜牧私生子的杜荀鹤，忧时愤激，已没了杜牧般的豪迈俊爽。杜牧逝后二十余年，长安被落第后赋诗"冲天香阵透长安，我花开后百花杀"（《不第后赋菊》）的黄巢攻破，黄巢的叛将朱温最后掀翻了大唐那摇摇欲坠的大厦，命人拆除大唐宫室，将梁木顺流漂至东都洛阳，建造他的新宫殿，带不走的一把火烧掉了事。大唐从此不再，人间再无唐诗，长安此后一蹶不振，再无统一王朝建都于此了。

四

杜牧死前烬余诗作交给了外甥裴延翰，裴延翰不遗余力搜寻舅舅的更多诗作，编成二十卷《樊川文集》。杜牧是文学创作的多面手，洪吉亮《北江诗话》中说："有唐一代，诗文兼擅者，唯韩柳、小杜三家。"杜牧文集中，诗文各半，诗歌存五百余首，文章著名的有《阿房宫赋》等三篇赋和《李贺集序》等。《唐诗三百首》中，杜牧是被选入最多七绝的诗人，他的《泊秦淮》一诗被清人沈德潜认为是唐人绝句的"压卷之作"。

以地域而言，杜牧诗作中描写最多的还是长安，樊川、少陵、终南山、曲江、兴庆宫、华清宫、乐游原……反复出现在他的笔下，对故乡可谓是情深义重。唐代，长安大诗人中还有一位韦应物，"城南韦杜，去天尺五"，二人算是韦杜这两大世家的代表人物，韦家在政坛胜一筹，诗文上，杜牧高出韦应物一头。

杜牧死后就葬在少陵原上司马村附近的杜氏祖茔，我曾踏访过。村东就是汉宣帝许皇后陵，人称"少陵"，少陵原即由此得名。杜氏祖茔在村西，还埋葬有京兆杜氏家族名相杜如晦、杜佑等十余人。我们专程去拜访，问了好几位村民，都不知道杜牧的墓地在哪里，等我们终于找到，才发现那里只是一片普通的低洼田地，甚至还有垃圾环绕，散发着臭味。

《咸宁县志·陵墓志》记载："杜牧墓，葬少陵原司马村先茔，自为墓志。"其墓1949年后尚存，在司马村西南，高约七米，面积约一亩，墓顶有一大树，20世纪60年代平毁。《长安百村》记载，司马村杜牧墓在"文革"时期被平毁，塌陷成低洼，清代陕西巡抚毕沅为杜牧墓立的石碑也断为三截，后丢失。出生于司马村的关树人将军，曾描写过他小时候所见的杜牧墓："那是一座圆形大冢，宏伟壮观，巍然屹立。冢的周身，长满了碧绿的青草，开着许多不知名的野花……登上墓顶，是一片平地，中央长着一棵千年古槐。树皮苍老干裂，宛若龙鳞，诉说着历经的沧桑。树枝昂然擎开，蓬蓬勃勃伸向天空。整个树冠，宛如一把青翠的巨伞，覆盖在墓冢的上方，几里路外都能看到。”

长安，周秦汉唐千余年的国都，也许是因为辉煌惯了，文豪骚客见得多了，即便李白、杜甫、白居易，居之也大不易。杜甫在长安城南少陵原居住十年，也不过在明代嘉靖年间于原址起了座不大的杜公祠。我去过几次，常大门紧闭。而老杜生活不过四年的成都草堂，历代修缮，而今规模宏大，游人如织。

大诗人在其他地方待遇还要好得多，因为人们以其为荣。

杜牧在池州任职仅两年，因《清明》写到了杏花村，那里出现了很多纪念建筑，如明朝池州太守题写的“杜刺史行春处”和六角杏花亭，清代所造杜公祠、黄公酒庐、黄公井……池州杏花村景区每年都为诗人举行隆重的公祭，立了四米高的杜牧像。在扬州，也有专门为杜牧而设的陈列馆。

大诗人的故乡，风景依旧秀丽的樊川朱坡村、瓜州村，已没有几人知晓这里曾出过杜佑、杜牧。坟墓，包括他自撰墓志的碑铭，清代毕沅为他立的墓碑，早已不知去向。韦应物的墓志碑铭在 2007 年被发现了，而杜牧呢，故乡已没有了他的影子。“清明时节雨纷纷，路上行人欲断魂”，写下这名篇的人是否也该有点什么供后人凭吊一下？

在少陵原长大的朱鸿先生曾来凭吊，当他知道当年农民向墓取土的事情后说，少陵原到处都是土，就缺唐才子之墓的土吗？

那一年，再别长安

大唐元和年间的平藩之战可谓多矣，但最艰难的非元和十年（815）的莫属。这一年，淮西战场陷入僵局，当朝宰相上朝途中被刺杀；这一年，很多人的命运发生了重大改变，包括文官、武将和无数的老百姓。这是浓墨重彩的一年，也是十分悲情的一年，对文人们尤其如此，他们中包括这一时期最优秀的文化人物——柳宗元、刘禹锡、元稹和白居易。

一

这年年初，同情永贞革新的宰相韦贯之和御史中丞裴度等人认为国家亟须用人，恳请唐宪宗把贬往偏远地州十年之久的柳宗元、刘禹锡、韩泰等五人调回长安（八司马二人已死，一人升迁），他们在地方上很有作为，都是才智之士、国之重臣，宪宗同意了。

一接到还京的诏书，柳宗元立刻收拾行装和家人乘船出发，一路上他心情很好，写了好多诗。舟过湖南衡山回雁峰，他写道："故国名园久别离，今朝楚树发南枝。晴天归路好相逐，正是峰前回雁时。”（《过衡山见新花开却寄弟》）自比北归大雁。前面是朗州，朗州司马、好友刘禹锡专程等他结伴还京，二人一路笑谈，往日阴霾一扫而光。出洞庭，上襄阳，经汉水转丹水，到商洛转陆路出蓝关，就到了长安东郊的灞水边。柳宗元又写道：“十一年前南渡客，四千里外北归人。诏书许逐阳和至，驿路开花处处新。”（《诏追赴都二月至灞亭上》）喜悦溢于言表。长安，生他养他的地方，他回来了，重新被朝廷启用了，政治生涯马上就要揭开新的一页！

这年二月，五位司马齐聚长安，十年未见，如对梦寐，悲喜交集，有说不完的话。同时，他们等待着朝廷的任命。

怎样安排他们，朝中意见不一，韦贯之、裴度等人爱其才，想要留京重用，以李逢吉为首的谏官却认为不可，宰相武元衡更是因当年王叔文对自己的打压（导火索正是刘禹锡）而厌恶永贞党人。

在这关键时刻，刘禹锡等人去长安城内的玄都观观赏桃花，刘禹锡写下《元和十年自朗州承召至京戏赠看花诸君子》：

紫陌红尘拂面来，无人不道看花回。玄都观里桃千树，尽是刘郎去后栽。

刘禹锡善于讽刺，写的是桃，说的是人。他把桃花比作新贵，说他们都是自己被排挤后爬上来的，令武元衡、李逢吉等大为不满，参了一本。宪宗权衡再三，又想起自己当太子时刘、柳等人的态度，于是以“语涉讥刺”（《旧唐书·刘禹锡传》）为由，任命五人为偏远地州的刺史，并要求即日启程，离开长安。官升一级，却比贬官更凄凉。

刘禹锡被任命为播州（贵州遵义）刺史，播州是以山区僚人为主的羁縻州，地广人稀，不过数千民众，比柳宗元被贬的柳州还要荒蛮。刘禹锡的老母亲已经八十多岁了，经得起长途颠簸吗？如果老母亲不去，肯定就成了生离死别了。这时，柳宗元站了出来，向宪宗求情，说自己愿意与刘禹锡交换，自己去播州任职，让刘禹锡去柳州！柳宗元在永州蛮荒十一年，失去了母亲，缺乏合适的伴侣，健康也极差，竟然为了挚友，愿意去更蛮荒之地，着实让人感动不已。加之裴度替刘禹锡求情，宪宗于是改派他任连州（广东连州）刺史。

柳宗元与刘禹锡结伴南行，再次告别了魂牵梦萦的长安，下次不知何时才能回来。正是阳春三月，杂花生树，莺飞草长，二人却心情沉重，无心赏景。终于到了衡阳，就要在此分别，各赴任所了，柳宗元含泪写诗赠别：

> 十年憔悴到秦京，谁料翻为岭外行。伏波故道风烟在，翁仲遗墟草树平。直以慵疏招物议，休将文字占时名。今朝不用临河别，垂泪千行便濯缨。（《衡阳与梦得分路赠别》）

刘禹锡满含内疚和感激地回赠：

> 去国十年同赴召，渡湘千里又分岐。重临事异黄丞相，三黜名惭柳士师。归目并随回雁尽，愁肠正遇断猿时。桂江东过连山下，相望长吟有所思。（《再授连州至衡阳酬柳柳州赠别》）

柳宗元想今日一别，相见更不知何年何月，不禁悲从中来，再次赠诗曰："二十年来万事同，今朝歧路忽西东。皇恩若许归田去，晚岁当为邻舍翁。"（《重别梦得》）两人相交已久，心有灵犀，刘禹锡此刻也在内心许下愿望："弱冠同怀长者忧，临岐回想尽悠悠。耦耕若便遗身老，黄发相看万事休。"（《重答柳柳州》）

“悠悠天地内，不死会相逢”（白居易《重寄》），两位大诗人都没有想到，晚年归田做邻居，黄发相看两不厌的愿望不会实现。四年后，朝廷又准备召柳宗元回京，柳宗元却没等到，含恨客死于柳州。

二

同情刘、柳的元稹，这年年初也接到了回京的诏书，他却没有抱太大希望。他随淮西招讨使严绶赴唐州任从事，出入于淮西疆场，积极参加征讨行动，冀图为国立功、为民平叛。不想权宦仇士良来淮西任淮西监军使，他的权力大过节度使，自然不会让与自己发生过激烈冲突的元稹在前线立功，于是让朝廷调走了他。

元稹先刘、柳二人到达蓝田的蓝桥驿，得知刘、柳即将归来，题诗于驿馆墙壁："……暗落金乌山渐黑，深埋粉堠路浑迷。心知魏阙无多地，十二琼楼百里西。"《留呈梦得（刘禹锡）子厚（柳宗元）致用》前两句写眼前实景，透露出迷茫，后两句表面说的是长安不远了，西边一百里就到了，却又似乎在说，心里知道朝廷没有多余的位置给我们。

长安，也是元稹出生、成长的故乡，他在这里考上状元，走向仕途，结交了终生好友，也在这里遭遇打压。他被贬五年，而今母亲、妻子都已亡故，兄弟子侄在外宦游，长安故宅空无一人，庭院荒芜。幸亏好朋友大多都在长安，那短短的一个来月，他与白居易、李绅、张籍等诗酒唱和，流连忘返，倒也畅快。

三月二十五日，刘、柳等五位司马被贬远州刺史十一天后，贬元稹为通州（四川达州）司马的诏令也下来了，这次贬谪比永贞党人更严重，肯定有仇士良的功劳。白居易为好友愤愤不平："何罪遣君居此地？天高无处问来由！"（《得微之到官后书备知通州之事怅然有感因成四章》其一）

元稹转述当地人的描述，通州是“幽阴险蒸瘴之甚者”（《上兴元权尚书启》），“夏多阴霪，秋为痢疟，地无医巫，药石万里，病者有百死一生之虑”（《叙诗寄乐天书》）。这里历来是权臣贬斥政敌和异己的地方，到了这里不仅有志难伸，恐怕也有性命之忧。元稹不知道自己能否活着回来，所以没有让儿女同行，临行前还将二十卷诗文交给白居易保存。

白居易为好友感到悲愤与不平，他写诗道：

通州海内恓惶地，司马人间冗长官。伤鸟有弦惊不定，卧龙无水动应难。剑埋狱底谁深掘？松偃霜中尽冷看。举目争能不惆怅，高车大马满长安。（《得微之到官后书备知通州之事怅然有感因成四章》其四）

三月二十九日元稹启程，白居易一直送到长安城西的蒲池村，两人在此借宿一晚，彻夜长谈，次日在沣水边依依分别，白居易写道：“城西三月三十日，别友辞家两恨多。帝里却归犹寂寞，通州独去又如何？”（《城西别元九》）元稹也回赠了一首诗：“今朝相送自同游，酒语诗情替别愁。忽到沣西总回去，一身骑马向通州。”（《沣西别乐天博载樊宗宪李景信两秀才侄谷三月三十日相饯送》）

元稹去通州后果然水土不服，重病卧床，几度徘徊在生死边缘，最后辗转兴元（陕西汉中），治疗一年多才好转。

三

话说元和九年末，白居易丁母忧毕，回京被授予太子左赞善大夫。元和十年七月发生了震惊朝野的宰相武元衡遇刺案，在包括其他宰相在内的多数官员都还惊魂未定、胆战心惊的时候，白居易当天中午就写好奏疏递了上去。

他说这是有文字记载以来历史上最大的耻辱，朝廷必须立即捕杀刺客以安天下。这样想本没有错，但对于被白居易以讽喻诗讥刺过的宦官们和旧官僚们来说，终于找到了打击他的机会。他们说白居易是东宫太子官属，并非言官，却越职言事。即便这样也没有罪啊，于是他们搬出了能压死人的“名教”来，诬陷他“浮华无行”，说白居易母亲是看花堕井而死的，而白居易却写有《赏花》、《新井》等诗（实为母亲生前白居易所作之诗），“甚伤名教，不宜置彼周行”（以上《旧唐书·白居易传》），就是说他不宜再当太子官了，应该被贬官外放。

最初宰相奏贬白居易为江表刺史，诏书都下了，白居易也出发了，中书舍人王涯（前翰林院同事）又落井下石，参了一本，说白居易这种不孝的人不宜管理一方，朝廷遂改授他为江州司马。

被贬江州对白居易的打击非常大，他对国家一片赤诚忠心，对母亲更是孝顺有加，被污蔑却百口莫辩，得了如此结局，他的伤心可想而知。他出长安东城门，过灞桥，来到蓝桥驿，看到年初元稹的题诗还在，对无常的命运感慨不已。回望长安，他无限悲伤。十二载长安岁月，浮浮沉沉的京官生涯，就要结束了吗？他的长诗《东南行一百韵》描述了这种心情，以下是节选部分：

……日近恩虽重，云高势却孤。翻身落霄汉，失脚倒泥涂。博望移门籍，浔阳佐郡符。时情变寒暑，世利算锱铢。即日辞双阙，明朝别九衢。播迁分郡国，次第出京都。……穷通应已定，圣哲不能逾。况我身谋拙，逢他厄运拘。漂流随大海，锤锻任洪炉。险阻尝之矣，栖迟命也夫。沈冥消意气，穷饿耗肌肤。防瘴和残药，迎寒补旧襦。书床鸣蟋蟀，琴匣网蜘蛛。贫室如悬磬，端忧剧守株。时遭人指点，数被鬼揶揄。……谩写诗盈卷，空盛酒满壶。只添新怅望，岂复旧欢娱。壮志因愁减，衰容与病俱。相逢应不识，满颔白髭须。

这一年的秋天，在通州卧病的元稹得知白居易被贬江州司马，震惊不已，写下《闻乐天授江州司马》："残灯无焰影幢幢，此夕闻君谪九江。垂死病中惊坐起，暗风吹雨入寒窗。"

客观地说，江州（江西九江）是个大州，地处水陆要津，相当繁华，白居易的日子过得并不差，但他志存高远，任职江州比之京官是觉得落差太大。白居易的诗歌创作，以元和十年被贬江州为界，分为前后两期，前期"达则兼济天下"，讽喻诗写得多，后期"穷则独善其身"，闲适诗写得多。江州司马是个闲差，使他有了更多时间进行文学创作回顾，他把元稹交给自己的二十卷作品认真读完，然后把自己的八百多首诗也进行了编排，将它们分为讽喻、闲适、感伤和杂律四类。这一年冬，他将自己对诗歌的思考和理解写了一封长信给元稹，这就是著名的《与元九书》，文学史上极为重要的理论著作。

他在信中还写到了自己因新乐府讽喻诗招致权贵和宦官仇恨："凡闻仆《贺雨》诗，而众口籍籍，已谓非宜矣；闻仆《哭孔戡》诗，众面脉脉，尽不悦矣；闻《秦中吟》，则权豪贵近者相目而变色矣；闻《乐游园》寄足下诗，则执政柄者扼腕矣；闻《宿紫阁村》诗，则握军要者切齿矣。大率如此，不可遍举。不相与者，号为沽名，号为诋讦，号为讪谤。……始得名于文章，终得罪于文章"。他自己很明了，他的诗文也是使他被贬的重要原因。而这些诗文，都是他在长安所写，他一生的荣耀与伤心都留在了长安。

在江州，他送客人至湓浦口，忽然听到船上有人夜弹琵琶，"听其音，铮铮然有京都声"，一问之下，果然琵琶女是长安女子。想起长安，听到京音，"江州司马青衫湿"，写下了千古传诵的《琵琶行》。

白居易的双城记

英国作家狄更斯的名著《双城记》，以法国大革命为背景，讲述了发生在巴黎和伦敦的一个悲情故事。小说开头写道："这是最好的时代，这是最坏的时代；这是智慧的时代，这是愚蠢的时代；这是光明的季节，这是黑暗的季节；这是希望之春，这是失望之冬……"我以为，这段话同样适用于白居易生活的时代，一个字都不用改。

余光中说："其实双城的现象不但见于时势与国运，即使在个人的生命里，也常成为地理的甚至心理的格局。"（《双城记往》）白居易一生中因逃难或做官到过几十座城市，但居住时间最久，对他的心理和人格影响最大的，还是长安与洛阳这东西二都。他住在长安的时间共约十六年，而在洛阳，更是生活了将近二十年。长安与洛阳，构成了白居易一生的"双城记"，影响到了他的诗歌创作。

白居易于唐代宗大历七年（772）出生于河南新郑，这时距安史之乱平息不过八年时间。七年安史之乱，包括长安、洛阳在内的北方大部国土先后沦陷，全国人口损失超过三分之二，大唐从此由盛转衰。说是平息，其实只是达到了脆弱的平衡，河北三镇节度使仍是安史叛军的降将，名义上归顺，其实是国中之国。

白居易九岁时又遇上了规模仅次于安史之乱的建中之乱。年轻气盛的唐德宗欲削平割据的河北三镇，结果导致两次兵变，自己两次出逃，这次战火也持续有七年之久。当彭城令的父亲在徐州抵挡淄青叛军的进攻，割据河南的淮西李希烈趁势也反，时年十一岁的白居易被迫随母亲远避江南，辗转多地。他后来写诗回忆这段流离生活："孤舟三适楚，羸马四经秦。昼行有饥色，夜寝无安魂。东西不暂住，来往若浮云。离乱失故乡，骨肉多散分。……朝忧卧至暮，夕哭坐达晨。悲火烧心曲，愁霜侵鬓根。"（《朱陈村》）早年颠沛流离的生活，让他像杜甫一样，有了底层体验，生出人道主义精神。

受战乱影响，白居易"十五六，始知有进士，苦节读书"（《与元九书》）。经历过战乱的孩子，学习起来加倍刻苦，甚至因为读书习诵过于勤奋，口舌生疮、手肘出茧、华发早生。十七八岁的时候，他随父去过一次长安，以诗拜谒著作郎顾况。顾况问了他名字，以"长安百物贵，居大不易"（以上王定保《唐摭言·知己》）开他玩笑，等读到"野火烧不尽，春风吹又生"之句，顾况对他刮目相看，主动替他延誉。这次长安之行，对于少年白居易来说，充满了新奇，也不乏自豪之感。他二十三岁时，父亲病死，母亲一度住在洛阳旧居，白居易则多次去那里游历、学习、交友——这似乎是唐代所有大诗人成名前共有的经历。母亲在哪里，哪里就是家，因此洛阳对于白居易来说，是累了就回去的地方。

十多年的刻苦学习加上增广见识的漫游，使他在二十七岁通过乡试，二十九岁再次奔赴京都长安，一举考中进士，与好友元稹同授校书郎。长安对于白居易来说，比起科场蹭蹬、困居十年的杜甫，更易居也更美好。三年后他又参加制举，被录为甲等，就任长安京畿的周至尉，可谓顺水顺风。白居易在周至期间，写的《观刈麦》了，反映神策军欺压百姓的《宿紫阁山北村》，还写了很多乐府诗讽喻时事，并完成了《长恨歌》的创作。这些诗作不胫而走，传入皇宫，求贤若渴的唐宪宗见而悦之，于是召为翰林院学士。这一年，三十六岁的白居易也娶妻成家，定居于长安城繁华的常乐坊。

没有了后顾之忧，皇帝又广开言路、锐意图治，很快他又被任命为左拾遗，之后数年朝廷的重大事件，都少不了他的身影。他在诤谏之余，还与元稹、李绅等人发起新乐府运动，用通俗易懂的讽喻诗指陈时弊，为老百姓代言，因为接地气，他的诗歌为贩夫走卒之传诵，一时间名满长安。此时的他，家事国事天下事事事关心。

这时的长安可谓白居易的人生福地——在这里，他开始步入仕途，实现造福天下的理想；在这里，他娶妻生子，并结交了志同道合的终生好友；在这里，他创作了人生中最具激情、最接地气的一系列作品，奠定了元和第一诗人的地位。居所附近的曲江池，是他留诗最多的地方。他怎能不爱这个当时世界上最伟大的城市呢？何况，长安还聚集了世界上最多的诗人群体。

但是，古来名利地的长安，也聚集了帝国最多的官僚、贵族和宦官，官场争斗、上下倾轧的戏码每一天都在上演着。满腔热血的白居易，一心希望匡正时弊，批评人不留情面，有时连皇帝脸上也挂不住，何况被他屡屡批评的权要和宦官？

终于，元和十年（815）六月发生的一件大事改变了他的命运。宰相武元衡被叛乱藩镇派来的刺客刺杀于上朝路上，一时间人心惶惶，面对如此恶行，竟没有官员敢于站出来表态。白居易愤慨不已，当天中午就上疏谴责暴行，称之为有文字以来最大的耻辱，并请朝廷尽快捕杀刺客。当时的白居易服母丧归来担任太子官属不久，一些权要和宦官以他不再是言官为由，说他越职言事，开始攻击他，于是立即有小人搬出了礼教，诬陷他母丧期间写诗，“浮华无行”，“甚伤名教，不宜置彼周行”（《旧唐书·白居易传》），最后他竟然被贬为江州司马。

百口莫辩的白居易终于明白了，“始得名于文章，终得罪于文章”。他写的讽喻诗，让“权豪贵近者相目而变色矣”，“执政柄者扼腕矣”，“握军要者切齿矣”（以上《与元九书》），这次终于让他们找到借口了。这次被贬对白居易的打击非常大，人心险恶与官场倾轧让他始料未及，一片赤诚忠心，却换来了如此结局，他的伤心可想而知。他写诗道：“……日近恩虽重，云高势却孤。翻身落霄汉，失脚倒泥涂。……”（《东南行一百韵》）他离开长安时，竟没有几个朋友敢于相送，凄凉之感可想而知。以此为界，白居易的人生和诗歌分为了前后两期，前期“达则兼济天下”，后期“穷则独善其身”。贬官路上，他自然抑郁寡欢，唯可安慰者，是他发现自己在长安所写的诗歌在民间竟如此受欢迎。自长安到江州三四千里，乡校、佛寺、逆旅、行舟之中，常可见题写着白居易的诗；士庶、僧徒、孀妇、少女之间，常可闻吟咏白居易的诗。

初次告别长安，他怎能放得下呢？他不知道自己的故乡在哪里，太原、新郑还是符离、下邽？但他的精神故乡无疑已认定长安。他强烈地思念着长安，毕竟，长安有他的雄心壮志和辉煌人生。他多次作诗追忆长安，“忆昔在东掖，宫槐花下听。今朝无限思，云树绕湓城”（《早蝉》）；“遇兴寻文客，因欢命酒徒。春游忆亲故，夜会似京都”（《偶宴有怀》）；“缅想长安客，早朝霜满衣。彼此各自适，不知谁是非”（《晏起》）；“帝路何由见，心期不可忘。旧游千里外，往事十年强”（《江南喜逢萧九彻因话长安旧游戏赠五十韵》）。甚至于《琵琶行》，也是因为琵琶女来自长安，琵琶曲“铮铮然有京都声”，才让“江州司马青衫湿”的。在江州的四年里，他也不断尝试忘掉长安，寻求内心的安宁，实现精神的突围，他开导自己说：“心泰身宁是归处，故乡何独在长安。”（《重题四首》其三）

五年后，白居易又被召回长安任职，甚至一年内官职三迁，做到了中书舍人。但国事日非，宪宗为宦官弑杀，元和中兴戛然而止，继位的穆宗只知游乐无度，哪里听得进群臣的劝谏？河北三镇复叛，白居易的大量奏疏不被采纳；牛李党争也拉开了序幕，政治斗争的旋涡越转越深。长安已不复追忆中的样子了，这次回来带给他的只是更大的伤心失望。

不到两年，洁身自好的他就请求外放杭州刺史，再次离开了长安。这一次，他是主动离开的，在留别诗中，他没有难过，只有从容。“扬鞭簇车马，挥手辞亲故。我生本无乡，心安是归处。”（《初出城留别》）从此以后，他的事功与诗歌走向了广阔的江南繁华地，诗中渐渐不再追忆长安了，偶尔提起，长安也成了功名的指代。比如在杭州任上，他写道：“谁知利名尽，无复长安心。”（《食饱》）随着时间的推移，他在精神上对长安的依恋也逐渐在淡化。他当然不是想疏远自己的长安岁月和长安的风景，而是想疏远朝廷尖锐的政治斗争和小人。

在杭州任满后，白居易又被征还长安担任太子左庶子，那时奸相李逢吉当政，他不想再蹚浑水，便请求分司东都，获得允准。他一直都很喜欢洛阳，作为东都，洛阳经济之繁华与人文之鼎盛仅次于长安，却少了长安城的官场倾轧和迎来送往。生活节奏平缓，坊市比较清静，往往成为清流官员们理想的休憩之地、养老之所，正如白居易的诗句“老爱东都好寄身”（《赠侯三郎中》）。于是他便在洛阳履道里购买了宅邸，准备久住，并且很用心地进行了修葺。“东南得幽境，树老寒泉碧。池畔多竹阴，门前少人迹”（《洛下卜居》），这所园林式的宅邸占地不小，布置得也很漂亮。在这里，他回忆往事：“……凡此十五载，有诗千余章。……独无洛中作，能不心悢悢。……”（《洛中偶作》）他觉得没为洛阳写过诗，对不起洛阳，以后将在这里久居，要好好写写洛阳的美好生活。不过这次，他只住了一年，就再次被任命为苏州刺史。再一年，他因病去官，又绝意仕进，“汉庭重少身宜退，洛下闲居迹可逃”（《初到洛下闲游》)，回到洛阳宅中准备养老，虽然此时他才五十五岁。

与他友善的宰相裴度与韦处厚不解他的心思，还给他加官晋爵，任命他为秘书监，硬将他召回到了长安，毕竟秘书监是一个比较清闲的官职。一年后他又被任命为刑部侍郎。人生就是这么奇怪，当年他在长安雄心壮志、积极进取，却命运多舛，外放多年；而今看淡了这一切，想要归老洛阳，却官运亨通，挡都挡不住。在长安，他与好友刘禹锡等人诗词唱和，虽也畅快，但党争的硝烟弥漫不散，他的内心斗争十分激烈。“更拟踟蹰觅何事，不归嵩洛作闲人？”“人间祸福愚难料，世上风波老不禁。万一差池似前事，又应追悔不抽簪。”（《戊申岁暮咏怀三首》其二、其三）经过深思熟虑，加上生病，他于是告假百日，假满后，朝廷照例免去了他刑部侍郎之职，授太子宾客分司东都，如他所愿。他在《长乐亭留别》诗中说：“灞浐风烟函谷路，曾经几度别长安。昔时蹙促为迁客，今日从容自去官。”这是他最后一次离别长安，却毫无留恋，甚至还卖掉了长安新昌坊的住宅，从此再也不曾回来。

当他终于回到洛阳履道里的宅邸时，欣喜之情真是溢于言表：“驿吏引藤舆，家僮开竹扉。往时多暂住，今日是长归。眼下有衣食，耳边无是非。不论贫与富，饮水亦应肥。”（《归履道宅》）此后十八年，白居易一直待在清净的洛阳，过着“非忙亦非闲”“不劳心与力”（《中隐》）的中隐生活，“了却归洛愿，适性作闲人”，在诗、酒、山水中优游岁月。好友刘禹锡、裴度、李绅等人后来也到了洛阳，“洛中多君子，可以恣欢言”（《中隐》），一时间宴饮酬唱不断。甚至牛李党争的党魁牛僧孺、李德裕晚年也一度来到政治气候温和的洛阳，在这里，他们都与白居易有过唱和，并对洛阳的官员流露出了羡慕之情。可惜，争了半辈子的他们无福消受洛阳生活，就先后被贬官到偏远的岭南之地了。白居易当然是洛阳诗人群的领袖人物，他再也不用因之前未写洛阳而惭愧了，他一共为洛阳写了八百余首诗，其中，写履道里宅邸的诗文就达近百首（篇）。

不过，平心而论，洛阳时期的闲适诗和酬唱诗，成就不如长安时期积极有为的讽喻诗，但我们也没有理由苛求一位诗人一直积极下去。

大和九年（835），白居易被朝廷任命为关内离长安较近的同州刺史，但他又以病为由拒绝了。当时的长安，激烈的党争之外，南衙（朝臣）北司（宦官）之争也进入了白热化。这一年冬至日，宫廷发生了惨酷的甘露之变，宦官屠杀朝官及其家属两千余人，一时间长安大地一片血腥，晚唐的多事之秋启幕。在洛阳的官员们幸免于难，这让白居易为自己的选择而庆幸，政治的黑暗，更加剧了白居易对长安的疏离之情，晚年的他在洛阳越来越好佛亲禅。

在送朋友去长安时，他说："莫道长安一步地，马头西去几时回。"（《临都驿送崔十八》）他赠诗给劝他的朋友："请君休说长安事，膝上风清琴正调。"（《赠谈客》）想起在长安为名利而奔波的人，他调侃道："身稳心安眠未起，西京朝士得知无。"（《即事重题》）

作为长安人，我读到这些诗句未免失落，幸亏白居易对他的双城记还写有一句总结性的诗句："身心安处为吾土，岂限长安与洛阳！"（《吾土》）长安与洛阳对于他，一个是积极进取，一个类似消极抵抗；一个是入世的儒家情怀，一个是中隐的佛家思想；一个兼济天下不顾自身，一个独善其身不忘兼济；一个是名利场，如熙熙攘攘的广场，一个是闲散地，似雅集满座的客厅；一个让他体验到登高一呼的惬意与跌下悬崖的狼狈，一个让他感受到身心安顿的闲适与雄心消磨的无奈。长安与洛阳，在白居易的一生中，不是非此即彼的替代关系，而是相辅相成，共同构造了他的心理格局与诗歌成就，缺一不可，就如今日，两座伟大的城市都在纪念他。

我去过洛阳的龙门石窟，七十三岁的白居易曾出资并用他崇高的声望筹措资金，让人疏通了龙门伊阙阻碍航船的八节滩，终使"夜舟过此无倾覆，朝胫从今免苦辛"（《开龙门八节石滩诗二首》其二），可谓是兼济天下的最后一个例证。两年后，他平静地死在了洛阳履道里宅邸。在人潮汹涌的石窟对面，宽阔的伊水北岸，就是香山居士生前最喜爱的香山，白居易的墓地就在这里，被称为白园。为他撰写墓志铭的，是他在洛阳时慧眼看中的青年诗人李商隐。当时的河南尹刻《醉吟先生传》石碑立于墓侧，“洛阳士庶及四方游人过其墓者，必奠以卮酒”（《贾氏谈录》），来表达尊敬之情。千年后我去祭拜之时，游人仍然不少，风景依然优美，不觉得白园是墓园，它几乎与香山融为一体。想起他相对圆满的一生，可以说比古代其他一流的大诗人过得都要宁静从容，我的心情自然谈不上悲伤，甚至还有些欣慰。我觉得，大诗人最后的归宿，就应该是这样充满诗意美感、令人倍感欣慰的。可惜不是每位伟大的诗人都找到了他自己的双城记。

千年美丽上巳节

在中国失落已久的传统节日中，最让我惋惜的是上巳节。

2005年韩国端午祭申遗成功，大大刺激了国人，经济上逐渐富裕的民众，文化上也想要跟上，要求重视传统佳节的呼声越来越高。终于在2008年，清明、端午、中秋成了我国的法定假日，相应的，其他如元宵节（上元）、重阳节，虽未放假，但也更受重视了。中元节（农历七月十五）和寒衣节（农历十月初一）祭祖的人也络绎不绝。至于七夕，因了牛郎织女鹊桥相会的美丽传说，加之商家的大力推广，由乞巧节变成了中国情人节，在失落了很久以后，重拾人气。

唯有古代春天里最美好、最热闹的上巳节，依然寂寞，鲜有人提起。而在日本，从中国传去的上巳节（日本也叫女儿节），流传至今，为该国五大传统节日之一。我国西南的少数民族，以及受中国文化影响的东南亚国家，每年4月上旬都要过热闹隆重的泼水节，其核心活动与上巳节的春浴祓禊、祛灾祈福几乎完全相同，日期也非常接近。我有幸在云南参加过几次泼水节，浑身湿透，但心灵爽净，狂欢的场面让人难忘。热情奔放的唐朝人，当年在上巳日的曲江水滨，恐怕也如此放纵、开心吧。

传统节日提醒我们团圆、祭祖、敬老、敬神，但就是没有提醒我们偶尔也要放纵一下，载歌载舞的场面也就是电视中的春晚和元宵节花车游行了。从小被教导要端庄、稳重的我们，难得“手之舞之，足之蹈之”。我们忘记了传统文化也有热情奔放的一面。

上巳节据说可以追溯到周朝，《周礼·春官》中就记载：“女巫掌岁时祓除衅浴。”洛邑建成之后，周公就曾在上巳日带领官民集于洛水之畔，祓禊祈福，曲水流觞。“祓”是祓除不祥，“禊”是清洁身体，“曲水流觞”是在河道弯曲处，盛酒于觞杯中，使杯漂流于浅水上，众人且捞且饮。

《论语》中曾点说他最快乐的就是“莫春者，春服既成，冠者五六人，童子六七人，浴乎沂，风乎舞雩，咏而归”。这说的应该就是上巳节。

《后汉书》说：“是月上巳，官民皆洁于东流水上，曰洗濯祓除去宿垢疢为大洁。”

上巳节的活动项目后来多了，但少不了洗浴祓禊这一项。对此史书没有更详细的描述，后人也不好揣测。这么多男女同去河边沐浴，在大唐也嫌夸张，估计就是象征性地用水洗洗裸露在衣衫外的部分，或往身上洒些河水吧。

而今提起上巳节，最有名的人物不是周公，也不是曾点，而是书圣王羲之。王羲之的天下第一行书帖《兰亭集序》，记叙了永和九年上巳节那场华丽的醉：

> 永和九年，岁在癸丑，暮春之初，会于会稽山阴之兰亭，修禊事也。群贤毕至，少长咸集。此地有崇山峻岭，茂林修竹；又有清流激湍，映带左右，引以为流觞曲水，列坐其次。虽无丝竹管弦之

盛，一觞一咏，亦足以畅叙幽情。

是日也，天朗气清，惠风和畅。仰观宇宙之大，俯察品类之盛，所以游目骋怀，足以极视听之娱，信可乐也。

…………

魏晋风流，尽在这兰亭雅集之中。王羲之、谢安等四十一人，饮酒赋诗，共得诗三十七首，集结成册。众人推王羲之作序，微醺的他稍加思索，挥笔而就。从此，文人在上巳节修禊之余，曲水流觞，觞杯漂到谁旁边谁就即兴赋诗一首，成了惯例，成了风雅的典范。一直要等到大唐盛世，这种魏晋风流才被超越。

大唐长安东南的游览胜地曲江，因池水曲折得名。大唐气象豪迈，自信满满，曲江池及周边林苑向平民开放。在一年中天地最清明、花朵最美丽的日子，如崔颢在《上巳》中描述的，“巳日帝城春，倾都祓禊辰”，人们一大早倾城而出，到长安八水特别是曲江边祓禊、踏青。没有诗简直是长安人所无法忍受的，据载，这些天里会专门有人在曲江边搜集诗人们写的诗，只要写得好，第二天便会传遍京城。

上巳节，皇家也很重视。皇家芙蓉园就在曲江池附近，从那里经夹城直接可到曲江池。这一天，皇帝与民同乐，在水边赐宴群臣，照例也会让大臣们赋诗，还要进行评比和嘉奖，最后结集成册，好不热闹。然而，华美的应制诗毕竟逊色于曲江畔那些浪漫行吟的诗人之作。

你看王维的上巳日应制诗，的确不够出色：

故事修春禊，新宫展豫游。明君移凤辇，太子出龙楼。赋掩陈王作，杯如洛水流。金人来捧剑，画鹢去回舟。苑树浮宫阙，天池照冕旒。宸章在云表，垂象满皇州。（《奉和圣制与太子诸王三月三日龙池春禊应制》）

杨贵妃姐妹也走出芙蓉园，来到平民中间了，杜甫有幸挤了进去，为我们记下当时的情形：

> 三月三日天气新，长安水边多丽人。态浓意远淑且真，肌理细腻骨肉匀。绣罗衣裳照暮春，蹙金孔雀银麒麟。头上何所有？翠微㔩叶垂鬓唇。背后何所见？珠压腰衱稳称身。……（《丽人行》）

有评论家说杜甫是在讥讽皇家的骄奢淫逸。其实要讥讽，写旌旗蔽日的排场就可以了，何必把杨贵妃姐妹描写得那么美？难道杜甫就不能对女性的美发出由衷的赞美？五十年后，白居易写《长恨歌》，描绘杨贵妃的美丽，还得借鉴老杜的诗，毕竟老杜是亲眼所见。

唐代的女性不像南宋理学兴盛后的女性那么保守，她们身心健康，勇于展示自己的美，并渴望收获赞美。连宫女们都要在这个美好的节日里仔细梳妆打扮，以最美的仪态引长安市民和士子们注目，一些宫女还真在这天有过风流韵事呢。其实，上巳日的活动本就包括青年男女郊外祭祀高禖神（郊禖，高禖神即管理婚姻和生育之神），祭祀活动提供给青年男女相识的机会。

经过安史之乱的打击，曲江上巳节低调甚至沉寂过一段时间，到唐宪宗元和中兴，上巳日的热闹又回归。

从元和年间殷尧藩所写《上巳日赠都上人》可见那时上巳节盛况："三月初三日，千家与万家。……曲水公卿宴，香尘尽满街。……"

宪宗有一年上巳日赐宴群臣，白居易在座，写有《上巳日恩赐曲江宴会即事》一诗，认为元和年间的上巳节人文鼎盛，胜过了王羲之的永和年间：

赐欢仍许醉，此会兴如何？翰苑主恩重，曲江春意多。花低羞艳妓，莺散让清歌。共道升平乐，元和胜永和。

可惜元和中兴仅仅十五载，之后国事日颓。但大唐毕竟是大唐，即使到了晚唐，上巳节也还是那么热闹，且看刘驾的《上巳日》：

上巳曲江滨，喧于市朝路。相寻不见者，此地皆相遇。日光去此远，翠幕张如雾。何事欢娱中，易觉春城暮。物情重此节，不是爱芳树。明日花更多，何人肯回顾。

读之令人神往不已，但那句“何事欢娱中，易觉春城暮”与李商隐“夕阳无限好，只是近黄昏”气息相通，仿佛察觉大唐暮色将临。

“明日花更多，何人肯回顾”——宋代仍有上巳节，但冷清多了。等到南宋理学（道学）地位确立，贞节牌坊出现，象征女性美与性的白蛇被压在雷峰塔下，“饿死事小，失节事大”的贞洁观占据优势，上巳节失去了存在的理由，社会也失去了活力。女人与诗人，上巳节的两大主角，一个负责美丽，一个负责高雅，都被迫退到了幕后去了。

所幸在远离道统的地方，上巳节的习俗仍在流传，泼水节是一个例子。上巳节的身影也还在我从小会唱的“又是一年三月三，风筝飞满天”里。我国南方很多少数民族都过三月三节，青年男女跳舞对歌、谈情说爱。中华文化圈里，日本人和韩国人的三月三节也很热闹，甚至还有“曲水之宴”活动，对他们而言，三月三是女孩子的节日，美丽的节日。

行文至此，不禁想起 2011 年西安世园会的主题曲《祓禊谣》：

祓禊祓禊，杨柳依依。沐之灞水，风乎东隅。坐看终南紫云起，咏而归，情自怡。祓禊祓禊，流觞水曲。惠风和畅，把酒索句。走笔龙蛇醉烟絮，咏而归，乐而居。祓禊祓禊，霓裳羽衣。春城飞花，踏歌青堤。长安水边多佳丽，咏而归，长相忆。……

这歌是有几分古时上巳节的余韵的。愿上巳节永远流传下去。

皇宫禁苑，诗之禁地

周厉王之前，国都丰镐周边山川林泽的物产由全体周人共有，就连周文王建的苑囿灵台、灵沼、灵囿，普通老百姓都可以进去割草、砍柴或渔猎。《诗经》中，有多首诗写到了百姓对先王的赞颂，如《大雅》中就有："经始灵台，经之营之。庶民攻之，不日成之。经始勿亟，庶民子来。王在灵囿，麀鹿攸伏。麀鹿濯濯，白鸟翯翯。王在灵沼，於牣鱼跃。……"

周厉王采取大臣荣夷公的建议，强行将山川林泽收归王室，引起百姓强烈不满。周厉王通过关人、杀人的方法弭谤，导致"国人莫敢言，道路以目"。如此三年，民众忍无可忍，终于"国人暴动"，冲进王宫，厉王出逃，从此不敢回镐京。召公、周公于是"共和行政"，废除了山川林泽的王室"专利"。共和元年——公元前 841 年，是一个伟大的年份，是中国有确切纪年的开始。

先秦时，各诸侯国的王宫基本都不大，国王和大臣之间也没什么君臣之大防（秦国应该例外）。秦始皇灭六国，自认为功盖三皇五帝，于是以“皇帝”为尊号，自称“始皇帝”，欲千秋万代下去。大规模的皇宫林苑建设从此拉开帷幕，咸阳宫、阿房宫、上林苑，还有其他大大小小四十余座宫苑，每座都工程浩大，结果阿房宫还没修完秦就灭亡了，项羽还一把火烧了咸阳宫，大火数月才灭。这个朝代有过焚书坑儒，找不到一位诗人，没留下一首诗歌，正常。

没什么能抵挡帝王修建宫苑的热情，西汉的长乐宫、未央宫、建章宫，大唐的大明宫、太极宫、兴庆宫、华清宫，一直到明清的紫禁城、各大行宫，无一不壮丽威严，富丽堂皇，皇家园林更是多不胜数。这些宫苑都为皇家所有，禁止平民进入，擅闯者死。王侯将相未经允许，一样不能进。过了宵禁时间，也不许。朝臣凌晨四五点就排起队等着早朝，地冻三尺也得忍着。朝堂之上，难以预料会发生什么，“一封朝奏九重天，夕贬潮州路八千”（韩愈《左迁至蓝关示侄孙湘》）屡见不鲜。要是帝王残暴嗜杀，出门前还得跟妻子儿女含泪告别，把每天当最后一天过。明朝的臣子们更是可怜，一言触忤，扒下裤子廷杖。如此危机四伏，谁还有闲情在皇宫构思诗呢？写诗除了才华，还要有自由的空气，而这正是高墙里最缺的东西。

皇宫禁苑，禁止平民进入，也就禁止了生机勃勃的生活，也就禁止了真正的诗歌和诗意的进入。难怪很多皇帝喜欢出宫游历，秦皇汉武就曾到处巡游，康熙乾隆也多次下江南。那些能力弱一些的，或者不愿劳民伤财的，便在宫中模仿民间市集，设立各种游乐场所，这方面最有名的就是明代的正德皇帝了。

大唐长安东南的皇家园林芙蓉园与曲江池毗邻，皇帝幸芙蓉园，在曲江亭赐宴百官，从那里居高临下看曲江万民同乐，官员照例作应制诗。曲江亭下方的曲江池、杏园、大雁塔，则是平民饮宴、游赏、赋诗的乐园，诗人们在此自由自在，留下了大量佳作。作诗最多的是杜甫和白居易，一有好诗吟就，第二天就传遍了长安，传到了禁中。

宫殿金碧辉煌，宫人的华服盛装，金碧辉煌和华服盛装之下，宫中人有一颗郁郁的心。后宫争宠，曾经金屋藏娇，而今长门深怨。宫怨诗倾诉妃嫔和宫女的委屈、寂寞，却多是由生活在宫外的男诗人们运用想象写就，他们借此抒发自己怀才不遇的郁闷。

辛弃疾《摸鱼儿》：

……长门事，准拟佳期又误。蛾眉曾有人妒。千金纵买相如赋，脉脉此情谁诉。君莫舞。君不见玉环飞燕皆尘土！……

词中提到的司马相如写有《上林赋》，极力夸张、铺排天子打猎时的威武和上林苑的辽阔壮美，辞藻华丽。能写得这么好，与他本人年轻时做过汉景帝的武骑常侍有关。他曾随天子打猎，但景帝节俭，不喜欢打猎，也不喜欢夸饰华丽、歌功颂德的赋，司马相如见没前途，很快就不干这差事了。汉武帝好大喜功，扩大上林苑，大建宫室，司马相如不失时机地呈上《上林赋》，龙颜果然大悦，授他郎官之职。这让扬雄获得启发，写《羽猎赋》呈给汉成帝，他也获封黄门郎。不过，扬雄晚年不愿再歌功颂德，认为“辞人之赋丽以淫”，作赋乃是“童子雕虫篆刻”，“壮夫不为”。的确，汉赋里这种写皇宫禁苑的大赋，后来在文学史上地位并不高，反而是一些写个人情怀的所谓小赋，因为有真情实感，赢得了后人的共鸣。

皇宫和皇家园林雄伟壮丽，令人赏心悦目，具备诗的某种素材，但那里却缺少发现美的眼睛和酝酿诗情的心境。皇帝人文素养高的，或许还有这种眼睛和这种心境，比如南朝的梁简文帝萧纲、梁元帝萧绎、陈后主陈叔宝等，他们及近臣创作的诗歌被称为宫体诗，宫体诗辞藻靡丽，对诗歌形式和音韵发展有点意义，但缺少社会和时代意义。比如陈后主的代表作《玉树后庭花》：

丽宇芳林对高阁，新妆艳质本倾城。映户凝娇乍不进，出帷含态笑相迎。妖姬脸似花含露，玉树流光照后庭。

喜欢作诗的皇帝，还有自称“十全老人”的乾隆。他一生写了四万多首诗，超过了《全唐诗》收录的唐诗总数，称为“诗霸”都不过分，但内容无非宫廷之美、田猎之乐，没一首值得传之后世，还不如刘邦，“刘项元来不读书”，可人家刘邦还有一首《大风歌》常被人提起呢。乾隆有一首诗题为《三月初八日幸圆明园》：

秉时御气暮春初，灵沼灵台艳裔舒。似毯绿茵承步辇，含胎红杏倚玫除。下空回雁无忧弋，画水文鳞底用渔。满眼韶光如有待，东风着意为吹嘘。

乾隆时的圆明园比西周的灵沼、灵台不知道大了多少倍，彼时封建专制也到了顶峰，他还好意思将圆明园与平民可自由进出的灵沼、灵台相比。

乾隆的诗大多是有才华的文臣给改定的，特别是沈德潜。乾隆在《赐沈德潜》中有“天子门生更故人”句。沈德潜为乾隆改诗出力尤多，生前享尽荣光，死后备极哀荣。后来，乾隆要了他的遗稿看，发现他以帮皇帝改诗为荣，竟把此事透露出来，自我评价极高的乾隆很生气，后果很严重，找了个碴儿，“夺德潜赠官，罢祠削谥，仆其墓碑”。这就是跟皇帝玩诗歌的后果。

宫廷禁苑，真的就产生不了好诗吗？大家熟悉的白居易《长恨歌》、杜牧《过华清宫绝句三首》算不算？不能算，那是咏前朝事的，不是描写眼前的实情实景。那我们来看看诗仙李白能不能打破这个魔咒呢？

有一次，唐明皇与杨贵妃在兴庆宫沉香亭观赏牡丹，命翰林学士李白作新乐章，李白略一沉吟，一挥而就三首《清平调词》，玄宗和贵妃看了均十分满意。

云想衣裳花想容，春风拂槛露华浓。若非群玉山头见，会向瑶台月下逢。

一枝红艳露凝香，云雨巫山枉断肠。借问汉宫谁得似？可怜飞燕倚新妆。

名花倾国两相欢，长得君王带笑看。解释春风无限恨，沉香亭北倚阑干。

浪漫主义大诗人的这三首诗作，在其作品中只能算中下，但在历代描写宫廷禁苑的诗歌中还是能拔得头筹。那是大唐盛世最光辉的岁月，也只有在这个封建时代最大也最开放的开元盛世，才能出现这样的诗人和这样的诗作吧？以前不会有，以后也不可能有了吧？那之后不久，李白看透了朝廷的腐败，走出长安，回到江湖，诗仙诞生了。

那么，诗圣和诗佛能不能超越诗仙？乾元元年（758）春日，左拾遗杜甫、太子中允王维、右补阙岑参、中书舍人贾至并肩出入大明宫。他们在禁掖值夜时常常写诗唱和。有一次贾至提议以大明宫为题，并由他开首。贾至诗略，王维《和贾舍人早朝大明宫之作》云：

绛帻鸡人送晓筹，尚衣方进翠云裘。九天阊阖开宫殿，万国衣冠拜冕旒。日色才临仙掌动，香烟欲傍衮龙浮。朝罢须裁五色诏，佩声归到凤池头。

岑参《奉和中书贾至舍人早朝大明宫》云：

鸡鸣紫陌曙光寒，莺啭皇州春色阑。金阙晓钟开万户，玉阶仙仗拥千官。花迎剑佩星初落，柳拂旌旗露未干。独有凤凰池上客，阳春一曲和皆难。

杜甫《奉和贾至舍人早朝大明宫》最后完成。

五夜漏声催晓箭，九重春色醉仙桃。旌旗日暖龙蛇动，宫殿风微燕雀高。朝罢香烟携满袖，诗成珠玉在挥毫。欲知世掌丝纶美，池上于今有凤毛。

曾写出《兵车行》、《自京赴奉先县咏怀五百字》、《北征》等杰作的杜甫，曾写出了最杰出的田园山水诗的王维，曾写出想象奇崛、气势磅礴的边塞诗的岑参，在宫廷里写出的诗也就这样了，富丽堂皇、庄严华贵，内容则不足记取。窒息了他们的想象力，桎梏了他们的思想。而就在六年前一个秋日，杜甫、岑参、高適和储光羲等人同登慈恩寺塔（大雁塔）望远，当时他们每个人写下的诗作都气势雄浑、境界阔大，特别是杜甫之诗，道出了时代的潜在危机，那才是真正的诗、真正的唱和。

杜甫还有《宣政殿退朝晚出左掖》、《紫宸殿退朝口号》等宫廷诗，比写大明宫早朝那首还不如，诗中，一个小心谨慎，唯恐再次获罪的官员呼之欲出，让人无语，让人揪心。那段时间杜甫很颓废、痛苦，写诗说："每愁悔吝作，如觉天地窄。"（《送李校书二十六韵》）幸而半年后，他被贬出长安，从此远离宫廷。他离开时的心情是痛苦的，他当时还不知道，这其实是一种精神突围，从狭小的宫廷走向更广阔的山河大地，心境将变得自由，精神亦能够独立。自此，他的诗歌创作将进入辉煌时期，一大批流传千古的杰作将诞生在广阔天地间。

交友当如杜少陵

一

不久前，人类首次探测到了引力波，这证明超时空穿梭在理论上是有可能的。光想想就觉得美好，如果能够回到大唐结交一位朋友，那么你会回到哪个时期，结交谁呢？诗歌爱好者的我当然要回盛唐。可选择哪位大诗人呢？他们每个人都那么有魅力。

很多人会选李白。可在我看来，他名气太大，交游太广，粉丝太多，能入他青眼的山川名胜很多，能入他青眼的人却很少，也没见他给哪个朋友写过超出五首诗。他忙于感受新鲜事物，不太会惦记谁，包括杜甫。谁给他千两黄金，他拿去饮酒，也不见得说声谢谢，仿佛理所应当。诗仙热衷求仙问道，奇人异士才另眼相看，我一个普通粉丝，何德何能。此外，他游踪不定，我体力不济，跟不上他，跟上了也未必多得他两眼。想想那个铁杆粉丝魏万，走遍中原、山东、江南，行路三千里，才找见了时年五十岁的李白。穿越回去容易吗？时间宝贵，不容蹉跎啊。

盛唐大诗人中，当时声名最大的还不是李白，而是诗画双绝的王维。王摩诘是离佛门最近的大诗人，音乐造诣也极高。他年轻时就是三位王爷、一位公主的座上宾。王维品行高洁，官也当得比较顺，各方面都趋近完美。但他太喜爱宁静的内心生活，青年时代都很少主动交朋友，晚年更是自称“万事不关心”，除了辋川的裴迪，他似乎再想不起其他的朋友。我除了爱好诗歌，书画、音乐、禅宗都不在行，估计见了王维，怕是话不投机，还是别自讨无趣的好。

李白和王维同时代，且都在长安待过，但奇怪的是两人好像没有过往来，有人猜测与玉真公主有关。

杜甫才是我心中的不二人选。杜甫喜欢交朋友，他和李白、王维、孟浩然、高適、岑参等大诗人都有过交往，常常在诗中提到他们。交友当交杜少陵，一想起老杜对朋友的深情厚谊，我就想流泪。他乐于接纳新朋友，不管是达官贵人还是市井小民，只要有真情和诚意，一概视为朋友。最重要的是他写诗赠给每位朋友，还会把朋友名号恭恭敬敬地写在诗题里。交往深的一赠再赠，很多人的名字正是因了诗圣的赠诗才流传了下来。再说，长安少陵原边的我去结交困居少陵原时期的杜甫，年纪相仿，志趣相投，我会有希望成为他的朋友并得到他的赠诗吧！

二

杜甫年少时壮游各地，“裘马颇清狂”（《壮游》）。天宝三载（744）夏，杜甫三十三岁，在洛阳初遇李白，李白四十四岁，两人一见如故同游数月之久，其间另一位大诗人高適加入进来，曾与他们共游了一段时间。杜甫崇拜李白，他在赠李白的诗中写道：“李侯有佳句，往往似阴铿。余亦东蒙客，怜君如弟兄。醉眠秋共被，携手日同行。……不愿论簪笏，悠悠沧海情。”（《与李十二白同寻范十隐居》）李白也喜欢杜甫，难得地赠了三四首诗。其时杜甫尚有“致君尧舜上，再使风俗淳”（《奉赠韦左丞丈二十二韵》）的抱负，欲西去长安求取功名。才从长安被赐金放还的李白深知朝堂水浑，却不忍道出实情，以诗赠别：“飞蓬各自远，且尽手中杯。”（《鲁郡东石门送杜二甫》）从此他们再也没有机会重聚。李白此后没在诗中提过杜甫，而重情的杜甫不管境遇如何，一直思念着李白，赞美着李白，还多次做梦梦见李白，写了二十多首怀念诗。“笔落惊风雨，诗成泣鬼神”（《寄李十二白二十韵》），是杜甫对李白的评价。在杜甫的诗中，李白的形象呼之欲出，如《梦李白二首》其二：“浮云终日行，游子久不至。三夜频梦君，情亲见君意。……冠盖满京华，斯人独憔悴。……千秋万岁名，寂寞身后事。”

高適与李杜同游一段时间后，独自去了楚地，并在那里进入仕途。杜甫也很欣赏高適，流传下来的赠高適诗有近二十首。高適写诗和入仕都较晚，所幸顺风顺水，最后做到了节度使，诗名在当时也远在杜甫之上。杜甫写给高適的诗比较亲切。高適久不来信，他就寄诗调侃：“安稳高詹事，兵戈久索居。时来如宦达，岁晚莫情疏。天上多鸿雁，池中足鲤鱼。相看过半百，不寄一行书？”（《寄高三十五詹事》）高適晚岁忙于事功，对流寓成都的杜甫虽多有资助，寄诗及亲往只有三四次，但每次杜甫都感念难忘。高適有《人日寄杜二拾遗》：

> 人日题诗寄草堂，遥怜故人思故乡。柳条弄色不忍见，梅花满枝空断肠！身在南蕃无所预，心怀百忧复千虑。今年人日空相忆，明年人日知何处？一卧东山三十春，岂知书剑老风尘。龙钟还忝二千石，愧尔东西南北人！

杜甫读着这诗，“泪洒行间，读终篇末”。四年后，高適去世，杜甫悲痛不已，作《闻高常侍亡》："归朝不相见，蜀使忽传亡。……独步诗名在，只令故旧伤。"又五年，杜甫死前两个月，重阅高適赠诗，写下了《追酬故高蜀州人日见寄并序》："自蒙蜀州人日作，不意清诗久零落。今晨散帙眼忽开，迸泪幽吟事如昨。呜呼壮士多慷慨，合沓高名动寥廓。叹我凄凄求友篇，感时郁郁匡君略。……"

杜甫与李白洛阳别后，于天宝五载来到长安。他先是与王公大臣交游，有汝阳王、左丞、左相、驸马和翰林学士等。后来他的长安朋友任华写《寄杜拾遗》："……昔在帝城中，盛名君一个。诸人见所作，无不心胆破。郎官丛里作狂歌，丞相阁中常醉卧。……"杜甫确曾在高朋满座中迷失过自我，以为自己朋友满帝京。其时奸相李林甫当政，他投诗权贵——称"干谒"——没什么效果。他当不了官，时间久了，权贵也不可能一直把他当绩优股，于是两三年后就疏远了他，他明白了官场的势利与薄情。到天宝十载，杜甫陷入贫病交加之境，"饥卧动即向一旬"，而"朝廷故旧礼数绝"（《投简成华两县诸子》）。他感慨："翻手作云覆手雨，纷纷轻薄何须数。"（《贫交行》）"……长安苦寒谁独悲，少陵野老骨欲折。……君不见空墙日色晚，此老无声泪垂血。"（《投简成华两县诸子》）反倒是平民朋友魏君、王倚等人频来问疾、饮赠，让诗人感动不已。

天宝十一载秋日，岑参自西域归来，高適则来长安，准备赴边，于是邀杜甫、储光羲与薛据等同登曲江畔慈恩寺塔（大雁塔），五人都有诗作，除薛据外都流传了下来。杜诗雄浑，忧患气息最浓，其中"秦山忽破碎，泾渭不可求。俯视但一气，焉能辨皇州"四句，似预示乱世的来临。高適、储光羲和杜甫三人诗题都叫《同诸公登慈恩寺塔》，岑参的却叫《与高適薛据同登慈恩寺浮图》，不知何故没有提到杜甫，两人的家族可是世交啊。两年后，岑参将赴北庭，行前又与杜甫等人游览鄠邑的渼陂湖。杜甫作记游诗《渼陂行》，首句云："岑参兄弟皆好奇，携我远来游渼陂。”杜甫写诗从来不忘感谢朋友。也是杜甫最先将高適和岑参并称，说“高岑舒缓步，沈鲍得同行”（《寄彭州高三十五使君適、虢州岑二十七长史参三十韵》）——高適和岑参放慢了脚步，六朝大诗人沈约、鲍照才赶得上啊。

三

杜甫在长安的最后几年过得很清苦，幸亏有几位知音相伴，比如郑虔和苏源明。郑虔是他的河南老乡，苏源明是他青年漫游齐赵时结识的朋友。说起郑虔，也是盛唐一个传奇人物。郑虔大杜甫二十岁，与王维一样，精通诗书画和音律，被认为绘画仅次于王维，草书可与张旭媲美。郑虔当朝廷协律郎时业余撰成八十余卷当朝史志，遭人诬告私撰国史，他忍痛焚稿，却还是被外贬十年。玄宗爱其才，在其山水画上御题“郑虔三绝”，授其“广文馆博士”，郑虔因此得雅号“郑广文”，但也仅此而已，他依旧穷困，与杜甫一样怀才不遇。二人相见恨晚，喝酒“忘形到尔汝”（《醉时歌》）。杜甫给郑虔写的诗不下三十首。杜甫与郑虔、苏源明是酒友，是至交，常常互开玩笑。杜甫《戏简郑广文兼示苏司业》云：“广文到官舍，系马堂阶下。醉则骑马归，颇遭官长骂。才名四十年，座客寒无毡。赖有苏司业，时时乞酒钱。”

安史之乱时，王维、郑虔等官员被俘，被迫出任伪官，郑虔虽托病未就，平乱后还是被贬台州司户参军。杜甫为他饯行，写诗送别说：“郑公樗散鬓成丝，酒后常称老画师。万里伤心严谴日，百年垂死中兴时。苍惶已就长途往，邂逅无端出饯迟。便与先生应永诀，九重泉路尽交期。”（《送郑十八虔贬台州司户伤其临老陷贼之故阙为面别情见于诗》）别后，杜甫念念不忘这位忘年交，不亚于对李白，多次写诗表达思念之情。广德二年（764），郑虔死于台州，而苏源明也于是年饿死长安，当时杜甫已在成都，闻噩耗悲痛不已，作《哭台州郑司户苏少监》，诗曰：“故旧谁怜我，平生郑与苏。存亡不重见，丧乱独前途。……”不久又作《存殁口号二首》。

安史之乱中长安收复后，杜甫任左拾遗，直言极谏疏救他的朋友、打了大败仗的宰相房琯。如同司马迁为李陵仗义执言一样，他也把皇帝气坏了。肃宗把他交给三司治罪，三司又为杜甫说话，皇帝不依不饶，直到新任宰相求情，才暂时赦免了杜甫，但从此疏远了他。可以说，杜甫的仕途因两肋插刀断送了。而房琯本人其实能力有限，就是对朋友还不错。当年他在长安很关照杜甫吗？“朝廷故旧礼数绝”不包括他？无论如何，杜甫不后悔，人人对房琯避之不及，他还是要写诗给房琯，现实利害不在他的考量范围。蒙谴不过旬余，他又上《为遗补荐岑参状》，向皇帝推荐岑参，这次肃宗采纳了。杜甫的一生，对皇帝是忠肝，对朋友是义胆。

左拾遗杜甫与右补阙岑参、太子中允王维、中书舍人贾至、御史中丞严武等人交好，经常并肩出入宫廷。他们共同度过了一段比较平静的官员生活，经常唱和。在贾至建议下，几人写过和贾至舍人早朝大明宫等诗歌，尽管价值不高，友情难得。不久，杜甫因替房琯说话贬官华州。这期间，他还专门去蓝田的辋川看望了王维。

四

杜甫后来入蜀，也是因坐镇西川的严武。严武是武人，也是诗人，对杜甫很尊敬，也很照顾。杜甫在成都简陋的草堂度过了一生中较为安稳的三四年光阴。其间，严武一度调回长安任职，杜甫一同乘船相送百里。严武下属徐知道作乱成都，杜甫赴梓州避难年余，梓州刺史章彝曾为严武下属，对杜甫照顾有加，两人关系融洽。然而，章彝与严武都有

“暴躁专横，征敛无度”的毛病，据说章彝还与朝廷离心离德，犯了不少事。严武二度回西川任职时要杖杀章彝，杜甫又挺身而出阻拦严武。严武被杜甫气坏了，最终还是杀了章彝，之后对杜甫仍然很照顾，继续让他当杜工部。但杜甫伤了心，辞官不做，回到了草堂。没几个月，严武暴卒，西川诸将为争主帅一职蠢蠢欲动，这里注定不会太平，再说，好友不在了，也失了救济，杜甫准备离开草堂，出三峡，去湖湘，那里还有朋友可以依靠。

遗憾的是他与岑参失之交臂。他刚离开一年，岑参就到了成都，之后任嘉州刺史，而杜甫其时已过了嘉州，到了三峡里的夔州小城。杜甫得知岑参当了嘉州刺史，去信祝贺。他们多年没联系上，现在终于知道了对方的行踪。那时，杜甫和岑参是硕果仅存的一流大诗人。但岑参刚到嘉州，尚需适应，就没对杜甫发出邀请。二人诗书往来渐多。两年后岑参被迫去职，活着的好友不多了，岑参想起了老朋友杜甫。于是他沿着杜甫出川的路线赶赴夔州，中间因盗贼横行耽搁了几个月，到达时得知杜甫几个月前刚出夔门。“七月江水大，沧波涨秋空”（《东归发犍为至泥谿舟中作》），岑参在赶往夔门途中被大水阻隔，只好回到成都，没多久，就客死在了那里，与老友再次结伴同游的梦想没能实现。出峡后的杜甫也仅活了两年，那两年漂泊无依。我常常想，如果当年岑参赶上了杜甫，他们二人是否会因为有友情支撑多活几年？

因江水暴涨等各种原因，杜甫一家人在夔州小城困居了两年。说起来也不算困居，比在长安日子好过多了，算是陶渊明那般的田园生活吧。但杜甫老了，愈发思念朋友，却因交通不便而音书难达。孤独的诗人常常望着江水发呆，眼前浮现出故人的音容笑貌，于是这两年他写下了大量怀念故友的诗作，夔州两年成了他一生创作最丰硕的时期。

他写《昔游》一诗回忆与李白、高適同游的美好岁月：“昔者与高李，晚登单父台。寒芜际碣石，万里风云来。……不及少年日，无复故人杯。

赋诗独流涕，乱世想贤才。……”

他写五古长诗《八哀诗》怀念八位友人，八位友人包括郑虔、苏源明、严武、汝阳王李琎、李邕等，把他们的生平事迹、精神人格都予以详述，读来令人泣下，尤其是郑虔和苏源明。浙江台州后来建起郑广文纪念馆，不能不说有杜甫的功劳，毕竟郑虔的诗书画几乎都没流传下来。有的人被今人提起，正是因为杜诗，否则他们的名字早就湮灭无闻，哪怕他们活着时贵为王公。

杜甫还写了《解闷十二首》，品评孟浩然、王维、薛据、孟云卿等友人的诗文，给予高度评价。联想到他对非著名诗人元结、贾至、严武、苏涣等人的肯定和赞扬，对卫八处士、李龟年、草堂邻居等交往不深的友人的深情厚谊，可以说，杜甫真是太够朋友了！要知道，杜甫那些其时大名鼎鼎的朋友可是很少抬举他的诗，难怪他感叹“百年歌自苦，未见有知音”（《南征》）。浪漫主义的时代，壮志豪情和灵秀俊逸都大受欢迎，像杜诗这般以工笔描绘社会现实的诗作，可能世人不太接受吧。开风气之先者难免寂寞。杜甫同时代人选辑的几本诗选，居然都没有选他的诗。

杜甫生前声名不彰，诗作仅在小范围内流传。这位中国最伟大的难民，最后凄凉地死在了江船上。他去世两年前，韩愈出生；两年后，白居易出生；稍后，元稹出生。他们长大成人，读到杜诗，震惊地发现并不太久之前，居然有如此关注世间苦难的诗人。韩愈惊叹：“李杜文章在，光焰万丈长。”（《调张籍》）“独有工部称全美，当日诗人无拟论。”（《题杜工部坟》）元稹感叹“诗人以来，未有如子美者”（《唐故工部员外郎杜君墓系铭并序》）。白居易也发出了“吟咏流千古，声名动四夷”（《读李杜诗集因题卷后》）的赞叹。他们不遗余力地大力推介杜甫，学习杜甫，创作有现实关怀的诗作。晚唐小李杜对老杜也推崇备至。经宋代苏东坡、黄庭坚等人的揄扬，杜甫诗圣的地位最终得以确立。而这一切，常常感叹知音少的杜甫已无从得知。

千百年来，不知有多少人和我一样，把杜甫引为精神上的朋友。韩愈、白居易还可以恨不早生三十年，苏轼、黄庭坚等就只能和我一样，梦想有时光机器能回到盛唐了。找到神交已久的老友，对他说："老杜，我们交个朋友吧！"这是多么美好的向往。

元和八年的韩柳

元和八年（813），韩愈已经四十六岁了，却仍然官场蹭蹬，为此，这年初，他写了一篇文章《进学解》，表达了怀才不遇的愤懑。

韩愈郡望昌黎，实际上他和柳宗元一样出生于长安，自幼父母双亡，靠长兄长嫂抚育成人，建中之乱中长兄去世，他随长嫂避乱宣城。孤苦伶仃的他面对连绵战火，学会了独立坚强，比同样在童年经历战乱的白居易、柳宗元吃苦更多，也更加成熟坚定。

他十九岁赴长安参加进士考试，连续三年不中，贞元八年（792）赶上名臣陆贽主考，陆贽慧眼识人，李绛、崔群、王涯、韩愈、裴光辅等二十三人中第，大多是知名人士，时人称“龙虎榜”。

但好运并没有接着到来，他连续三年未考中吏部的制举。在长安困居的八九年间，和杜甫当年类似，“无所取资，日求于人”，就是主要靠人资助艰难度日。无法当上京官，二十九岁的他只好到藩镇去做幕僚来养家糊口。四年后，他终于通过吏部铨选，被任命为国子监四门博士，当上了京官。其间写有《师说》，批判当时以拜师为耻的风气，广收“韩门弟子”，提倡古文运动和儒学复兴。

贞元十九年冬，韩愈晋升为监察御史，两个月不到，就因为上疏《论天旱人饥状》，对长安大旱的情形说了大实话，触怒了权贵，被贬到广东连州阳山县做县令。他于元和元年被召回长安任职权知国子博士，之后转正改国子博士。

不如曾经在永贞革新中红极一时的刘禹锡和柳宗元，他还未曾展露他的政治才能。与当过翰林学士的白居易和当过左拾遗的元稹相比，他年龄实在已经不小了。与龙虎榜中的同年李绛、崔群、王涯等人，更是对比悬殊，他怎能不郁闷呢？

《进学解》抒发的是对长期淹留于国子博士闲职的郁闷之情，不平则鸣，就借学子之口抒发自己有才难遇、有志难伸的窘迫。一篇不长的文章之中，竟有十几处后来被提炼成了成语，足见这篇文章的魅力。

在《进学解》中，国子博士告诉学子：“业精于勤，荒于嬉；行成于思，毁于随。方今圣贤相逢，治具毕张，拔去凶邪，登崇畯良。占小善者率以录，名一艺者无不庸。爬罗剔抉，刮垢磨光。盖有幸而获选，孰云多而不扬？诸生业患不能精，无患有司之不明；行患不能成，无患有司之不公。”

学子反过来问他：“……先生之于业，可谓勤矣。……先生之于儒，可谓有劳矣。……先生之于文，可谓闳其中而肆其外矣。……先生之于为人，可谓成矣。然而公不见信于人，私不见助于友。跋前踬后，动辄得咎。暂为御史，遂窜南夷。三年博士，冗不见治。命与仇谋，取败几时？冬暖而儿号寒，年丰而妻啼饥。头童齿豁，竟死何裨？不知虑此，而反教人为？”

元和毕竟是元和，没想到这篇文章传到朝廷，很多人为之叫好。宰相李绛看了，终于想到了这位同年，和李吉甫一商量，都认为韩愈具备史才。两人难得意见相同，于是将韩愈晋升为比部郎中、史馆修撰，让他编著《顺宗实录》。韩愈总算进入了朝官的正常序列，此后更是备受赏识，驶入了升迁快车道。元和九年升任考功郎中知制诰，十年晋升为中书舍人，之后竟然还屡立军功，甚至做到了吏部侍郎、京兆尹等职。

现在提起韩愈的成就，他杰出的政治才能被辉煌的文学成就掩盖了。那些年，他的古文运动越来越有成效。六朝以来风靡文坛的今体文（骈体文）已渐渐不能适应复杂的社会现实，束缚重重，陈词滥调，缺乏创新。韩愈提倡的古文（散体文）则能更好地表达个人情感，反映社会现实，抒情、叙事、说理都能自由发挥，像先秦典籍和西汉司马迁等人的文章，就质朴自然，无华丽浮艳之风。韩愈就是提倡先秦和西汉的古文，反对骈文，主张复兴儒学，攘斥佛老，以自己的道德文章干预时代人心。古文在他手里，不仅用来传儒家之道，也用来反映现实矛盾，所以苏轼说韩愈“文起八代之衰，而道济天下之溺”（《潮州韩文公庙碑》）。

他的文章如《原毁》、《师说》、《杂说》、《毛颖传》、《送穷文》、《张中丞传后叙》、《祭十二郎文》、《送孟东野序》、《送李愿归盘谷序》等都是字字珠玑的名篇。他积极荐举人才，对孟郊、贾岛、李贺、张籍、李翱等人大力提携帮助。

如果只有韩愈及其弟子在朝呐喊，恐怕也只能在中心区域产生影响，有了贬官永州司马的柳宗元的大力支持，古文运动才发生了全国性的影响。

韩愈与柳宗元、刘禹锡曾有过短期的同僚关系，都曾在贞元末当过监察御史，但他很快被贬为连州阳山县令。韩愈也不知道是因为上疏《论天旱人饥状》得罪权贵造成的，还是与他相交的柳宗元、刘禹锡二人造成的，因为他曾将对王叔文的不满告诉过柳、刘，他怀疑柳、刘二人泄露了谈话内容给王叔文，导致自己被贬。他写长诗《赴江陵途中寄赠王二十补阙李十一拾遗李二十六员外翰林三学士》说：“……或自疑上疏，上疏岂其由？……同官尽才俊，偏善柳与刘。或虑语言泄，传之落冤仇。

二子不宜尔，将疑断还不。中使临门遣，顷刻不得留。……朝为青云士，暮作白首囚。……”

所以，对于二王八司马的被贬，韩愈最初并没有多少同情。但伟大的灵魂总是相互吸引的，也许政治、文学观点不尽相同，但在关注民生民瘼、反映批判现实等方面，他们毫无二致。韩愈在《谏臣论》、柳宗元在《答韦中立论师道书》中都提出了“文以明道”的观点，都主张“唯陈言之务去”，“文从字顺各识职”，都强调文章的言志抒情和社会批判功能，并以自己的大量创作，将古文运动提升到了相当的高度。

这一年，韩愈任职史馆修撰后，给柳宗元写了一封信，诉说他写《顺宗实录》时的痛苦。他据实而书，褒贬鲜明，却被宦官责难，屡次让其删改，他痛苦不堪，担心招致刑祸，想要放弃做史官。

柳宗元写了《与韩愈论史官书》，告诉韩愈，从左丘明、孔子、司马迁、班固到崔浩，他们人生的痛苦，都不是因为写史书造成的，劝韩愈“宜守中道，不忘其直，无以他事自恐”，给了韩愈很大的鼓励。柳宗元还将他写的《段太尉逸事状》寄给韩愈，供他修史参考。韩、柳与刘禹锡三人还在信中就哲学中的“天”展开了辩论，韩愈持“天命说”，柳宗元写《天说》，认为“天人不相预”，刘禹锡更是连写三篇《天论》，认为天人相分，但也相互影响和制约。那时的韩愈与刘、柳二人早已没了芥蒂，互相被对方的人格与才华所征服。

元和八年，被贬谪八年的柳宗元心态逐渐转变了过来，从写《永州八记》开始，他慢慢在自然山水上寻找寄托，排遣郁闷，也写了不少自然山水诗，成为中唐山水诗派的重要诗人。他的古文创作范围广泛，可以补韩愈之不足，韩愈文章文以载道，须正襟危坐来看，而柳宗元的文章则大多比较轻松。他为小人物立传，写寓言、游记，寓深意于短文之中，情感真挚，文辞优美，艺术性很高。他的《永州八记》、《捕蛇者说》、《种树郭橐驼传》、《三戒》、《梓人传》、《童区寄传》、《封建论》等文章脍炙人口，彰显着古文之美。

在今日的教科书中，柳宗元文章的分量丝毫不亚于韩愈。颇受他们影响的杜牧就曾说：“李杜泛浩浩，韩柳摩苍苍。近者四君子，与古争强梁。”（《冬至日寄小侄阿宜诗》）

元和八年，是一个“光焰万丈长”（《调张籍》）的伟大年份，这一年，元稹应杜甫之孙杜嗣业之请，写了一篇墓志铭《唐故工部员外郎杜君墓系铭并序》，给予了杜甫极高的评价，从而使诗坛重新发现了当时默默无闻的杜甫。

元和八年的文坛，白居易、元稹、刘禹锡、李贺、李绅、孟郊、贾岛等人都创作出了大量不朽的诗作，为元和文坛增色不少，而其中最耀眼、对后世影响最大的无疑韩愈和柳宗元二人。

大和九年的诗人

一

大唐大和九年（835）直到冬至日之前，与往年没什么不同。南衙（朝官）北司（宦官）之争还在发酵，朝官中的牛李党争也仍在继续。对唐文宗来说，比起尾大不掉的割据藩镇，朝臣之间无休无止的党争更令他头疼，因为近在咫尺。他感慨道："去河北贼易，去朝中朋党难。"（《资治通鉴·唐纪》）他对党争的厌烦，使得朝官中的第三股势力趁机崛起，这就是通过宦官而上位的郑注、李训等人。

郑注本是江湖游医，医术高明，辩才亦高，由宦官荐举给文宗，之后一路畅通。李训乃奸相李逢吉之侄，当年臭名昭著的"八关十六子"之一，因罪流放，遇大赦而还，李逢吉给他钱财贿赂郑注，郑、李二人一拍即合，亲密但有间。他们善于揣摩皇帝心思，开始排斥两党。郑注身材矮小，眼睛下斜，而李训身材伟岸，相貌堂堂，因此，李训爬得比郑注还要快。

从大和八年开始，口碑不佳但能量巨大的李训、郑注成了政治暴发户。他们先是拉牛党领袖李宗闵复相，排挤走李党领袖、宰相李德裕，接着在大和九年借故把李宗闵一干人等贬走，这年九月，李训终于当上了宰相。唐朝宰相一般都有三四个，其他几个宰相也算自己人。大权在握，自然开始贬斥反对过他们的官员，只须扣上朋党的大帽子就行。杜牧有诗云："大和八九年，训注极虓虎。潜身九地底，转上青天去。……操持北斗柄，开闭天门路。……"（《李甘诗》）史书也记载说："朝士相继斥逐，班列为之一空"（《旧唐书·郑注传》）。一时间人人自危。

大和九年，还属于中唐。

中唐的诗坛，执牛耳者是元白诗派，代表人物是元稹、白居易、李绅等；其次是韩孟诗派，代表人物是韩愈、孟郊、贾岛等；还有写山水田园诗的韦应物、柳宗元；自成一家的则有诗豪刘禹锡、诗鬼李贺等人。大和九年，元稹、韩愈、孟郊、韦应物、柳宗元、李贺等人已经去世，还健在的诗人中，最著名的便是白居易和刘禹锡两位，但英雄暮年，过的是优裕闲适的唱和生活，并没有产生几首众口传诵的好诗。

反倒是晚唐最著名的三位诗人杜牧、李商隐和温庭筠，大和九年，正值青春华年，英姿勃发，都展露出了出众的才华，预示着诗坛新生代的崛起。

二

大和九年，白居易已经六十四岁了，定居东都洛阳已有六年。这年九月，朝廷让他当同州刺史，他辞病不拜，他真的不想离长安太近。于是，十月，又改授他太子少傅分司东都。当年因朝中朋党倾轧，被贬江州司马，他的心态从"兼济天下"变成了"独善其身"，大胆敢言、批判讽刺的新乐府诗也不写了。后来干脆宁愿一直外放，也不愿回到云谲波诡的政权中心。

白居易晚年常居洛阳，官越做越大，事越来越少，俸禄越来越高，用他发明的说法叫“吏隐”。分司东都的官员会有些远离长安的失落，但也有待在京城所稀缺的自由洒脱。不管是当过宰辅的裴度、牛僧孺还是李德裕，也都是诗人，在洛阳时常常与白居易、刘禹锡等人宴饮唱和，洛阳的文学风气甚至一度盖过了长安。

大和九年的李绅，这位开创了新乐府诗的悯农诗人，因与李德裕交好，也被李训贬到了洛阳，加入到了分司东都的诗人群中，找到了久违的平和和诗情。

大和元年，刘禹锡、白居易同在洛阳为官，两人多有唱和，出过几卷《刘白酬唱集》。大和九年，刘禹锡本来当着苏州刺史，白居易推辞不就的同州刺史，朝廷让他去当，他二话不说就上路了。备受打击、多番起落的他心态一向不错，比白乐天更乐天。他也比生死之交柳宗元多活了二十三年。第二年，刘禹锡任太子宾客分司东都，将刘白诗人群的交游酬唱推向了高潮，“当时名士，皆从之游”（《旧唐书·裴度传》），让在京城长安担惊受怕的诗人官员好不羡慕。可是，我们从这些酬唱诗中很少看到百姓的疾苦、时局的动荡。

大和九年的春天，三十二岁的杜牧辞别十里扬州的牛僧孺幕府，回到故乡长安任监察御史。临行，他写下了著名的《赠别二首》，留赠一位喜爱的歌女。荒唐而美好的扬州岁月结束了，“英俊沉下僚”（左思《咏史》）的五年幕府生涯结束了，他回到了国之中央，正要大展宏图。四月的一个夜晚，雷电交加，狂风大作，宫廷正殿旁的千年老树被吹倒，杜牧认为这是上天对郑注、李训扰乱朝政的告诫。面对纷乱的朝政，他与友人一起弹劾这两位投机政客，不承想郑、李二人成功上位，且睚眦必报，友人相继被贬蛮荒之地，好友李甘死于被贬路上，杜牧为求自保，托疾改任监察御史分司东都。

杜牧虽到了洛阳，却与白居易老死不相往来。白居易喜欢提携后进，曾经对年轻的李商隐极为欣赏，杜牧诗名未显，理应去拜拜码头。可他不但不拜，还很鄙夷元白诗体。他推崇李杜诗、韩柳文，为李贺集写序，就是看不惯流行的元白体，说“有元、白诗者，鲜艳不逞，非庄士雅人，多为其所破坏，流于民间，疏于屏壁……淫言媟语……不可除去”（《唐故平卢军节度巡官陇西李府君墓志铭》）。据说，除了诗风不对路，还因为元、白曾压制过杜牧欣赏的老诗人张祜。

这一年秋日的一天，杜牧在洛阳酒宴上重逢当年在宣城爱恋过的美丽歌女张好好，彼时她嫁入豪门，而今却流落江湖当垆卖酒。杜牧震惊得说不出话，张好好强作欢颜，问他为什么事烦恼得生了白发，为什么还和当年一样落拓：“怪我苦何事，少年垂白须。朋游今在否，落拓更能无？”读到这里，我都忍不住为这位十八九岁可怜的歌女感动落泪，何况多情的杜牧？他在长诗《张好好诗》最后写道：“门馆恸哭后，水云秋景初。斜日挂衰柳，凉风生座隅。洒尽满衿泪，短歌聊一书。”

李商隐比杜牧小九岁，大和九年，李商隐上济源玉阳山东峰学道，在灵都观里，邂逅了陪侍公主的宫女宋华阳，“身无彩凤双飞翼，心有灵犀一点通”，才子佳人相遇迸发出的爱，谁又能挡得住？两个多月后，这段不为礼教和清规所容的感情被无情地掐灭了，宋华阳别无选择，一步三回头，随公主当了女道士。李商隐深深伤心。他的名作《无题》诗即作于此时：

相见时难别亦难，东风无力百花残。春蚕到死丝方尽，蜡炬成灰泪始干。晓镜但愁云鬓改，夜吟应觉月光寒。蓬山此去无多路，青鸟殷勤为探看。

这一年情场不顺，赴长安参加科举也不顺，李商隐回到家乡郑州。秋日的一天，他登上好友萧浣所建的夕阳楼，想到好友刚被贬官，而自己更是前途渺茫，于是写下了《夕阳楼》：

花明柳暗绕天愁，上尽重城更上楼。欲问孤鸿向何处，不知身世自悠悠。

夕阳楼，仿佛大唐命运的象征，“夕阳无限好，只是近黄昏”，诗人心中有“绕天愁”，仿佛对两个月后震撼朝野的甘露之变有所预感。

三

时光飞逝，到了冬至。冬至一阳生，是二十四节气之始。当时李、郑等人貌似控制了朝政，赶走了老朋党，形成了新朋党，甚至下手对付提拔自己的宦官。二人信心十足，向文宗提出诛灭宦官、收复河湟、清除藩镇的大计，这几个难题都是想有一番作为的文宗心头之痛。有了皇帝的支持，李、郑勇气爆棚，也不管新提拔的官员根基未稳，就欲尽诛宦官。

冬至这一天，李训等人让金吾卫士提前埋伏好，以天降甘露为名，邀文宗及众宦官去观赏，可惜队友演技太差，被仇士良等宦官发觉，文宗遂被劫持。当宣政门的大门关上，群宦高呼万岁时，李训等人才明白大势已去。之后掌握禁军的宦官以谋反的罪名血洗朝臣，不知情的其他三位宰相也被满门抄斩，李训、郑注等新势力更是被连根拔起，还牵连无辜甚广。长安乱了二十余日，被杀者两千余人，长安城的强人恶少也趁乱杀人剽掠、相互攻打，以致尘埃漫天，一幅末日景象。这就是甘露之变。

大和九年末，长安中央朝廷班列再次一空，史书称："自是天下事皆决于北司，宰相行文书而已。宦官气益盛，迫胁天子，下视宰相，陵暴朝士如草芥"。唐文宗也无奈地说："（周）赧、（汉）献受制于强诸侯，今朕受制于家奴"（《资治通鉴·唐纪》）。

甘露之变对大唐的命运影响深远，诗人们当然也不会例外。

韩孟诗派的重要诗人卢仝，是初唐四杰之一卢照邻的嫡系子孙，布衣隐士，有"茶仙"之谓，偏偏那晚留宿宰相王涯家中，受到牵连而遇害。他的好友贾岛为此写下《哭卢仝》："长安有交友，托孤遽弃移。"临刑，卢仝向贾岛等友人托孤，成了这一年最惨的诗人，如果不算王涯诗人身份的话。

甘露之变当天，白居易正在洛阳游香山寺，不几日，听到宦官屠戮无辜的消息，惊惧之余，庆幸自己远离长安，作诗云："祸福茫茫不可期，大都早退似先知。当君白首同归日，是我青山独往时。"（《九年十一月二十一日感事而作》）"去者逍遥来者死，乃知祸福非天为。"（《咏史》）"请君休说长安事，膝上风清琴正调。"（《赠谈客》）

刘禹锡这时刚当了一个多月的同州刺史，闻讯震惊，不久便申请调任东都，从此也不复政治热情，当年永贞革新的豪迈已成陈年往事。他的《有感》诗对被屠戮的宰辅表示了同情，但也不敢公开谴责滥杀无辜者。

甘露之变发生后，在东都的杜牧对郑注、李训等人进行猛烈批判，其余却避而不谈。他此时的心情是："每虑号无告，长忧骇不存。随行唯局蹐，出语但寒暄。"（《昔事文皇帝三十二韵》）"如何牛斗气，竟作炎荒土。"（《李甘诗》）他望着新婚不久的妻子日渐隆起的腹部，最终选择顾左右而言他。

以前的党争最多影响一时的仕途，现在朝堂恐怖血腥，随时可能送命。朝官上朝前都要和家人泣别，因为不知晚上能不能回来。在外的官员听到调回京城，都托病不就。全身远祸成了官员的共同心愿。

也有敢于替被枉杀者鸣不平的。年轻的温庭筠当时刚到长安，写了《题丰安里王相林亭二首》悼念被杀的宰相王涯。许浑也写了《甘露寺感事贻同志》悼念被杀的恩师、宰相贾𫗧。

这个冬天似乎也比往年更冷，冻得人瑟瑟发抖。谁知在这万马齐喑、一片肃杀之中，竟有一位不屈的诗人发出了这一年的最强音。他是何人？居然是给人印象比较内敛的李商隐！这位学杜甫学得最好的学生，用史诗般的诗歌和顽强的意志，给中晚唐之交的诗人们挽回了颜面。

四

李商隐受杜甫影响很大，难以在这场变故中保持沉默。他从这一年个人爱情和前途的苦闷中挣脱出来，抬起头来注视笼罩在头顶的乌云，陷入对大唐命运的深深担忧，开始认真思考国家、政治与社会问题。

他写的《有感二首》自注“乙卯年有感，丙辰年诗成”。诗中，他叙述甘露之变的情况，愤怒地控诉宦官统领禁军滥杀朝臣：“御仗收前殿，凶徒剧背城。苍黄五色棒，掩遏一阳生。”（其二）他还责备郑、李两位野心家，甚至连皇帝也敢于批评。这两首诗堪称杜诗般的史诗。他还意犹未尽，写了《重有感》，希望上书皇帝指责奸臣的节度使刘从谏出兵铲除宦官。

数月后的春日，他重到长安参加科考，这次考中了，但他没有太大的喜悦。他特意到曲江转了转。而今曲江人迹稀少，长安阴风阵阵，他想到安史之乱中老杜《哀江头》的“少陵野老吞声哭，春日潜行曲江曲”，与眼前景象多么相似啊，于是写下了《曲江》一诗：

望断平时翠辇过，空闻《子夜》鬼悲歌。金舆不返倾城色，玉殿犹分下苑波。死忆华亭闻唳鹤，老忧王室泣铜驼。天荒地变心虽折，若比阳春意未多。

第二年，做了官的李商隐又写下了长诗《行次西郊作一百韵》，该诗与老杜的《自京赴奉先县咏怀五百字》异曲同工，一般深刻：

巍巍政事堂，宰相厌八珍。敢问下执事，今谁掌其权？疮疽几十载，不敢抉其根！国蹙赋更重，人稀役弥繁。……我愿为此事，君前剖心肝。叩额出鲜血，滂沱污紫宸。九重黯已隔，涕泗空沾唇。使典作尚书，厮养为将军。慎勿道此言，此言未忍闻。

好一个"疮疽几十载，不敢抉其根"，好一个"使典作尚书，厮养为将军"，估计神策军的宦官头子不懂诗歌，否则李商隐的麻烦就大了。我终于理解了白居易为什么那么看好李商隐。当年李商隐尚默默无名，白居易看到他的诗，大为惊奇，认为他日后诗才不可限量，同时感慨自己暮气沉沉，竟说出愿死后托生做他的儿子这种话。李商隐虽然一辈子没当上高官，"虚负凌云万丈才，一生襟抱未曾开"，但他胸中有胆气和豪气在，终成唐代继白居易之后最伟大的诗人。

顺便一提，大和九年，与贾岛并称贾姚的诗人姚合编了一部唐诗选集《极玄集》，收录了二十一位诗人的一百首诗。除了盛唐的王维和祖咏，其他入选诗人都属中唐，居然没有我上面提到的任何一位。他选录的标准是"极玄"，要的是平静、淡泊、玄奥、向内心开拓的诗歌，没选一首描写现实社会的诗歌，也没有一首体现盛唐、中唐自信豪迈精神的诗作，这似乎是在给晚唐诗歌奠定基调。

大和九年年末的甘露之变，拉上了中唐的幕布。一个多月后新年来临，京城无一丝喜庆气氛。唐文宗改元开成，晚唐正式登场，宦官专权、党争剧烈、藩镇跋扈成了政治主旋律。诗人们无可奈何，似乎也只有向内心深掘这一条路可以走了。尽管李商隐、杜牧、温庭筠、韦庄等人时不时想纠正一下，写些咏史诗或叙乱离的作品，可还是改变不了晚唐诗的精神格局和气象，正如眼睁睁看着大唐大厦之将倾，却无力挽救。

杜甫的韦曲朋友

十九岁的杜甫在山西游历，结识了韦曲人、京兆韦氏韦之晋，与他交游数月，感情甚笃。那是开元十八年（730）的事。三十五年后，杜甫出四川去湖湘，要投奔的朋友就是时任衡州刺史的韦之晋。

大唐天宝五载（746），杜甫从洛阳来到长安。冠盖满京华，他最先接触的高官里就有世居韦曲的玄宗驸马郑潜曜。郑驸马好交朋友，据《新唐书》记载是大孝子，人品不错。

天宝六载，朝廷下诏求贤，杜甫信心十足去应诏，可惜奸相李林甫以"野无遗贤"为由未录一人。杜甫在给京兆韦氏韦济的《奉赠韦左丞丈二十二韵》诗中，写下了后来被人反复引用的名句"读书破万卷，下笔如有神……致君尧舜上，再使风俗淳"。失望之下，他向韦济吐露心声："朝扣富儿门，暮随肥马尘。残杯与冷炙，到处潜悲辛。"能如此真情倾诉，自然非知交不可。

韦济还是河南尹时，就知道杜甫，很欣赏他的才华，多次去偃师杜甫故庐拜访他。回到长安，韦济也曾多次荐引杜甫，但李林甫大权在握，最不喜欢正直进士，因此也没什么结果。

应诏、投诗和献赋均告无果，天宝十载的杜甫陷入穷苦之中。他也住不起城里的旅社了，回到韦曲、杜曲一带的祖业附近定居。生活的贫苦还能忍受，精神的贫苦才是他难以接受的，幸亏韦曲添了一位新朋友，这就是经由郑潜曜介绍而认识的平生知己郑虔。

郑虔是郑驸马的叔叔，大杜甫二十多岁，是精通诗书画的大家，有“三绝”之目。曾当过朝廷协律郎，因私著国史被外贬十年，玄宗惜其才而召回，授广文馆博士。他与杜甫一见如故，加之居所不远，来往频繁，是挚友兼酒友。杜甫替他抱不平：“诸公衮衮登台省，广文先生官独冷。甲第纷纷厌粱肉，广文先生饭不足。先生有道出羲皇，先生有才过屈宋。德尊一代常坎轲，名垂万古知何用！”

杜甫赠诗最多的朋友便是郑虔，留有二十多首，到老都在怀念他。在长安的最后几年，他经常和郑虔、郑潜曜一起游山玩水，留下名诗《陪郑广文游何将军山林十首》、《郑驸马池台喜遇郑广文同饮》、《奉陪郑驸马韦曲二首》等。“韦曲花无赖，家家恼杀人。”“野寺垂杨里，春畦乱水间。美花多映竹，好鸟不归山。”（《奉陪郑附马韦曲二首》其一、其二）韦曲的江南水村与山林胜景，使杜甫深深陶醉。他这时应该与京兆韦氏也有不少交往，这可以他的赠诗为证。

其中有一位韦侍御，不知其名，杜甫和他过从甚密。《云仙杂记》引《放怀集》记载：“杜甫每朋友至，引见妻子。韦侍御见而退，使其妇送夜飞蝉，以助妆饰。”这个韦侍御真是个好朋友，看到杜甫家贫，杜妻也没有饰品，便托夫人给杜甫妻子赠送了一件精美的头饰，事情虽小，却让人感动。可见韦侍御也是一个心细之人，想必平日里对杜甫多所帮助吧。杜甫晚年写过一首《奉汉中王手札报韦侍御萧尊师亡》，颇为感伤，不知缅怀的是否就是上面这位韦侍御。诗云：“秋日萧韦逝，淮王报峡中。少年疑柱史，多术怪仙公。不但时人惜，只应吾道穷。一哀侵疾病，相识自儿童。处处邻家笛，飘飘客子蓬。强吟怀旧赋，已作白头翁。”

安史之乱爆发第二年（757），在韦曲朋友、时任左相的韦见素帮助下，杜甫终于被授予左拾遗，而郑虔因长安陷落时被迫接受伪职（实未就）被贬为台州司户参军，杜甫哭着相送。转年三月，他来到韦曲的郑虔故居，人去园空，无限伤怀写下了《题郑十八著作主人》：“乱后故人双别泪，春深逐客一浮萍。酒酣懒舞谁相拽，诗罢能吟不复听。第五桥东流恨水，皇陂岸北结愁亭。……”

当左拾遗不久，杜甫就直言极谏疏救朋友宰相房琯，触怒了唐肃宗，肃宗让时任御史大夫的韦陟等人审问杜甫，欲加之重罪。韦曲人韦陟一向办案公正，他推问后告诉皇上：“甫言虽狂，不失谏臣体。”皇帝一时没了加罪的理由，但也疏远了杜甫，后来找理由将韦陟和杜甫都贬了官。

杜甫流落到蜀中之后，在友人的帮助下定居成都浣花溪畔，筑起了草堂。为了美化草堂环境，他写诗向绵竹令、韦曲朋友韦续索取绵竹（《从韦二明府续处觅绵竹》），向友人韦班要松树苗（《凭韦少府班觅松树子》）。甚至连瓷碗也需要韦家朋友资助（《又于韦处乞大邑瓷碗》）。能主动要，可见关系不一般，这几位韦曲朋友也都热烈响应。

房子盖好了，墙上不能没有字画吧？京兆韦氏韦偃擅画骏马，来到杜甫新落成的草堂转了一圈，看到草堂虽然简陋，物什也算应有尽有了，于是对杜甫说：“我没啥送的，赠你两匹马如何？”杜甫笑答：“笔墨在此，任君驰骋。”韦偃于是在白墙上画出了两匹栩栩如生的骏马，杜甫也写了一首《题壁上韦偃画马歌》，诗画双绝。接着杜甫还让韦偃画了双松珍藏，作《戏韦偃为双松图歌》曰：“韦侯韦侯数相见，我有一匹好东绢，重之不减锦绣段。已令拂拭光凌乱，请公放笔为直干。”

杜甫与大画家郑虔、王维相善，也很懂得赏画，一生写了不少观画诗。在长安相交过京兆韦氏韦讽，现在也流落到了成都，他也是一位书画收藏家，杜甫很喜欢到他家观画。有一次在韦宅看到曹霸的画马名作，杜甫写下了《韦讽录事宅观曹将军画马图》，寄托对长安岁月的怀念。

代宗永泰元年（765）剑南节度使严武去世，杜甫失了庇佑，离开成都，踏上了去湖湘的征程。平生好友零落，活着的不多了，他要投靠的，正是青年时期就结识的韦氏好友、衡州刺史韦之晋。

江湖多风波，经历多番阻隔与耽搁，大历四年（769），五十八岁的杜甫终于在潭州（长沙）与好友韦之晋会合。韦之晋对朋友尽力照顾，不久自己却暴病而亡。备受打击的杜甫写下了《哭韦大夫之晋》，抒发他深深的哀伤和对命运无常的感慨。

这一年，韦曲朋友韦迢去离家乡千里迢迢的韶州任职，经过潭州时与暂住湘江边的杜甫相遇。他在赠杜甫的诗中说："江畔长沙驿，相逢缆客船。大名诗独步，小郡海西偏。地湿愁飞鹏，天炎畏跕鸢。去留俱失意，把臂共潸然。"（《潭州留别杜员外院长》）杜甫写诗回赠："……白首多年疾，秋天昨夜凉。洞庭无过雁，书疏莫相忘。"（《潭州送韦员外牧韶州》）"养拙江湖外，朝廷记忆疏。深惭长者辙，重得故人书。……"（《酬韦韶州见寄》）

大历五年，是杜甫人生的最后一年，他在潭州送韦氏朋友韦赞善回长安，作《赠韦七赞善》，诗云："乡里衣冠不乏贤，杜陵韦曲未央前。尔家最近魁三象，时论同归尺五天。"他生生不忘的乡里，是长安，是"去天尺五"的城南韦杜，他与韦曲朋友的友谊是那样深远绵长，尽管他的一生离天总是那么遥远。

就这样结束了吗？不，还没有。尽管杜甫已经看不到了，但韦曲人韦庄觉得一定要为这位乡亲做些什么。

韦庄出生于晚唐头一年（836）。如果说杜甫是中国最伟大的难民，那么韦庄就是晚唐最伟大的难民。他赶上了黄巢作乱长安，赶上了朱温拆毁长安，赶上了大唐消亡。他写诗向杜甫学习，感时伤乱、忧国忧民，有"老杜笔力"之誉。他的诗是晚唐五代的"诗史"。

与杜甫一样，韦庄为避难漂泊到了成都。他找到杜甫的浣花溪草堂故址，这里荒芜已久，但基础还在，有的柱子也没倒，他重新搭起了房子，命名为“杜甫草堂”。他还在编选的诗选《又玄集》里大量收录杜甫的诗歌，是现存唐人十余种选本中唯一收录杜诗的，这可是杜甫诗歌传播史上的一件大事，要知道，当时杜甫的名气远不如后来这么大，韦庄的荐举功莫大焉。

长安人没有忘记杜甫。明嘉靖五年（1526），在长安人张治道的倡导下，杜甫韦曲居所附近，建起了杜公祠。这座杜公祠又经长安人多次修缮，至今仍然耸立在少陵原畔，让人仰视，使人追怀。

韦应物的骊山情结

在大唐长安的宫殿之中，骊山华清宫可说是为李隆基和杨玉环而存在的。他们在骊山恣意游乐，享尽帝王贵妃的身心愉悦。如果不是那场惊天动地的安史之乱，他们的爱情将何其完美。可惜，乱后的骊山与华清宫背了不祥之名，门可罗雀，正如许浑之诗中说的，“贵妃没后巡游少，瓦落宫墙见野蒿”（《骊山》）。但那里的美景和故事，还是让几位荒唐皇帝蠢蠢欲动，很想去见识一下，结果百官堵门谏阻，举出来周幽王和唐玄宗的例子，说那个青山秀水的所在是如何去不得。

骊山是秦岭向北伸出的一条长长的支脉，正好在东面护卫住了长安，长安道上东来西往之人，必然要从骊山之下经过，骊山怀抱里层层渐高的华清宫建筑群，想不看到都难。因此诗人们经过，都要抒发一下思古之幽情，粗略统计，古人写骊山和华清池的诗不下六百首。真如宋人朱光庭的诗句所说：“骊山秀色古今同，尽入诗人感慨中。”（《华清偶成》）其中最有名的自然是怀古高手杜牧的《过华清宫绝句三首》。

骊山和华清宫是皇宫禁苑，唐代诗人基本上只能凭目远望，不得近前。但就有那么一位诗人，在唐玄宗的全盛时期竟多次走上这座山，走进这座宫殿，甚至下到温泉中洗浴，而且，他在骊山还有自己的固定住所。因为他是玄宗的三卫郎，相当于贴身侍卫。在《全唐诗》两千五百多位诗人作者中，他与这座山和宫殿关系最为密切，也是当年事件的见证人，他笔下的是真实历史的记录。

他，就是长安人韦应物。

确切地说，韦应物当三卫郎的时候还不是诗人，甚至，他还不识字。韦应物出身京兆韦氏，典型的纨绔子弟，不喜读书，十五岁时，家人利用门荫，为他谋得三卫郎一职，他便成了侍奉天子游宴的侍卫。游乐天子赏赐多，作为近侍，虽不及进士显贵，却享有特权，他就更加无法无天了。他四十五岁时与当年班友杨开府重逢，彼此知根知底，也就没什么不能说的，下面这首《逢杨开府》确是自揭伤疤之作：

> 少事武皇帝，无赖恃恩私。身作里中横，家藏亡命儿。朝持樗蒲局，暮窃东邻姬。司隶不敢捕，立在白玉墀。骊山风雪夜，长杨羽猎时。一字都不识，饮酒肆顽痴。武皇升仙去，憔悴被人欺。读书事已晚，把笔学题诗。两府始收迹，南宫谬见推。非才果不容，出守抚茕嫠。忽逢杨开府，论旧涕俱垂。坐客何由识，惟有故人知。

诗中交代了自己从不识字的无赖少年变成诗人的历程，转折点就是安史之乱。刚开始唐军还占有数量优势，长安人并不惊慌失措，韦应物还在骊山下的昭应（临潼）迎娶了贤惠的新娘，温馨的家庭生活让他收敛了许多。不久战况急转直下，潼关失守后，唐玄宗一行连夜逃离，不知情的百官随后大多成了叛军的俘虏。二十岁的韦应物不是什么大官，流落失职后，只好寄居在武功县。长安收复，他回到了家乡，一无所长，只好进入太学折节读书。想必经此人世剧变，韦应物经读书改变命运的愿望极为迫切，家里丰富的藏书终于等来了他的注目。

短短数年，他的努力就有了回报。七年后战乱平复，他就入仕为洛阳丞，官位不高，但由武夫转型文官已属不易。由长安去洛阳，必然经过骊山之下，这才过了几年，玄宗和肃宗都已离世，骊山容颜未改，往事历历，韦应物胸中似有波涛翻滚，不禁提笔写下了他流传下来的第一首诗——《骊山行》：

君不见开元至化垂衣裳，厌坐明堂朝万方。访道灵山降圣祖，沐浴华池集百祥。千乘万骑被原野，云霞草木相辉光。禁仗围山晓霜切，离宫积翠夜漏长。玉阶寂历朝无事，碧树萋蕤寒更芳。三清小鸟传仙语，九华真人奉琼浆。……英豪共理天下晏，戎夷詟伏兵无战。时丰赋敛未告劳，海阔珍奇亦来献。干戈一起文武乖，欢娱已极人事变。圣皇弓剑坠幽泉，古木苍山闭宫殿。缵承鸿业圣明君，威震六合驱妖氛。太平游幸今可待，汤泉岚岭还氛氲。

作为初学者，诗艺当然算不上纯熟，但作为骊山往日繁华的见证者，这诗又是无可替代的。回忆太多了，往事一幕幕闪现，都不需要意象来帮忙。

他又想起了三卫郎时期的班友们，就写悲旧诗寄给其中二人。诗中有这么几句："温泉有佳气，驰道指京城。携手思故日，山河留恨情。存者邈难见，去者已冥冥。临风一长恸，谁畏行路惊。"（《四禅精舍登览悲旧寄朝宗巨川兄弟》）

这一路真是又恸又惊！

这两首诗正是《韦苏州集》中最早的诗。可以说，骊山往事的回忆搅起的内心激荡促使他写出了真实的感受，由此开启了他的诗歌之路，从此一发而不可收。安史之乱后元和中兴前这五十年，不算晚年之杜甫

（他毕竟还是盛唐诗人），韦应物成了成就最高的诗人。

骊山在他的一生中有着重要的地位，成为他挥之不去的情意结，他自然不可能只写这两首。在洛阳任上，他还写有《酬郑户曹骊山感怀》：

……我念绮襦岁，扈从当太平。小臣职前驱，驰道出灞亭。翻翻日月旗，殷殷鼙鼓声。万马自腾骧，八骏按辔行。日出烟峤绿，氛氲丽层甍。登临起遐想，沐浴欢圣情。朝燕咏无事，时丰贺国祯。日和弦管音，下使万室听。……

其时他还给班友李录事写了一首诗怀念骊山生活：

与君十五侍皇闱，晓拂炉烟上赤墀。花开汉苑经过处，雪下骊山沐浴时。近臣零落今犹在，仙驾飘飖不可期。此日相逢思旧日，一杯成喜亦成悲。（《燕李录事》）

十年以后，他郁郁不得志，辞掉洛阳丞返回长安，再次经过骊山，再次惊心感怀，写下了《温泉行》：

出身天宝今年几，顽钝如锤命如纸。作官不了却来归，还是杜陵一男子。北风惨惨投温泉，忽忆先皇游幸年。身骑厩马引天仗，直入华清列御前。玉林瑶雪满寒山，上升玄阁游绛烟。平明羽卫朝万国，车马合沓溢四鄽。蒙恩每浴华池水，扈猎不蹂渭北田。朝廷无事共欢燕，美人丝管从九天。……

想当年，天子频繁游幸骊山温泉，作为御前引仗骑士，韦应物多次蒙恩温泉沐浴。玄宗一年来多次，每次一待就是很久，朝廷专门给官员在骊山安排了官邸，韦应物也有属于他的骊山居。

后来韦应物一度隐居长安沣河精舍，读书教学。他与少年时期简直换了个人，《唐才子传》说他：“为性高洁，鲜食寡欲，所居必焚香扫地而坐，冥心象外。”前后反差这么大，除了韦应物，还真是想不到第二人了。

韦应物晚年赴江南任职，在滁州、江州、苏州等地担任刺史，成就了他清深雅丽的山水田园诗。去江南走的是商洛武关道，不过骊山了，从此他再也没有见过骊山和华清宫。但他从没有忘记他的盛唐岁月。在江南时他遇到了一位负樵老人，得知老人也曾在唐玄宗时期当过侍卫，二人不禁共话天宝承平时。他写下《白沙亭逢吴叟歌》：

龙池宫里上皇时，罗衫宝带香风吹。满朝豪士今已尽，欲话旧游人不知。白沙亭上逢吴叟，爱客脱衣且沽酒。问之执戟亦先朝，零落难艰却负樵。亲观文物蒙雨露，见我昔年侍丹霄。冬狩春祠无一事，欢游洽宴多颁赐。尝陪月夕竹宫斋，每返温泉灞陵醉。星月再周十二辰，尔来不语今为君。盛时忽去良可恨，一生坎壈何足云。

作为一州之刺史，出行时当然有导骑、行旆。望着前面的导骑和行旆，以及眼前的泉谷村墅，他忽然就想起了在骊山的日子：自己作为导骑多次扈从皇帝到骊山。还有那年在骊山自己迎娶娇妻……而今无论唐玄宗还是妻子都已去世多年，念及此，他不禁悲从中来，泪下沾巾。这就是写《登蒲塘驿沿路见泉谷村墅忽想京师旧居追怀昔年》的心绪：

青山导骑绕，春风行旆舒。均徭视属城，问疾躬里闾。烟水依泉谷，川陆散樵渔。忽念故园日，复忆骊山居。荏苒斑鬓及，梦寝婚宦初。不觉平生事，咄嗟二纪余。存殁阔已永，悲多欢自疏。高秩非为美，阑干泪盈裾。

韦应物清廉自好，晚年卸任苏州刺史后，竟然因家贫无以返回长安，只好寓居苏州佛寺，后来死在了那里。友人出资，让他得以回葬长安。一个侍卫过盛唐缔造者的人，一个在华清池目睹过皇家爱情的人，一个在骊山见惯穷奢极欲的人，一个经历过战争以至流离失所的人，一个为亡妻写下大量悼亡诗的人，一个焚香扫地而坐的人，一个寄情于山水田园的人……他饱尝人间盛衰荣枯和幸福哀伤，早已看淡了身外的一切。我们知道，他已完成了个人的救赎。

归去来兮

美国汉学家比尔·波特的《空谷幽兰》一书，写的是他多次探访终南山隐士的“寻隐之旅”，问世以来，反响颇大，中国的隐逸文化一时获得广泛关注，终南山之名在全球得到传扬。

接踵而至的是大量关于终南山隐士以及隐逸文化的书籍。颇有一些岁月静好型的美女作者，在出版商的策划下，带着高清单反相机来到终南山，租一座小院，开始所谓山中静修，过上内心丰盈的极简生活，实际上也就个把月，随即归去来兮。几个月后，画面精美、文字淡雅的山居笔记炮制出炉，摆在各大书店的显眼位置，等着无法归去之人捧回，聊慰田园之梦。

文学史上第一个大量写田园诗的是东晋的陶渊明，他自是用自己的生命来实践田园生活的：不为五斗米折腰，辞官归隐，过起了自己荷锄插秧以及熟读书、痛饮酒的生活。他的诗是发自肺腑的淳朴自然，无所矫饰，他本就不是，也不想当所谓的名士——他在当时以及后来相当长的时间里都默默无闻，但他对后世文人精神世界的影响胜过了所有的魏晋名士。

陶渊明的田园诗，我最喜欢《归去来兮辞》，脱离官场牢笼归去自然田园的急切和激动，具有极强的感染力。

“归去来兮”的本义即“归去”，“来兮”是语助词，没有实义。在今天，对于城市人，也可以有新解：归去田园，很快又回闹市了。陶渊明当然是真的归去，再穷苦也不曾后悔，他看得很开，因为“富贵非吾愿，帝乡不可期”。但对很多人而言，归去田园谈何容易，即便归去了，又想着回来的也不在少数，放不下的东西太多啊。

唐较之魏晋南北朝更加富庶，实现田园之梦没那么难。长安城的达官贵人和诗人们就喜欢在城郊另置庄园与别业，多选在城南，主要集中在樊川和终南山北麓各谷口。樊川介乎长安城与终南山之间，除京兆韦氏与杜氏两大贵族聚居之外，当朝权贵也几乎都在这里有别业，《旧唐书·元载传》云：“城南膏腴别墅，连疆接畛，凡数十所”。官僚权贵用来炫耀地位与财富，招待贵宾游春；诗人们则是希望暂时地退隐于此，涤滤烦扰，体味田园隐居的乐趣。

可想而知，樊川更南的终南山因为距皇城要远得多，达官贵人购置别业的就少多了。在这里购置别业的，大多是真心想要得到内心安宁，想更久隐退于山水之间的诗人或中下级官员，比如王维、岑参、卢纶、韦应物等人，地偏心自远嘛。

我们知道，盛唐有李白杜甫，有边塞诗派，有田园诗派，田园诗派的领军人物就是亦隐亦仕的王维和长隐未仕的孟浩然。田园诗是唐代诗歌的主流之一，极大丰富了诗歌的内涵。安史之乱后，诗歌也随国力而低迷，不复盛唐气象，当时名满二京的大历十才子，在文学史上的定位只是从盛唐到中唐的过渡而已。

韩翃是大历十才子较为知名的一位，他是唐传奇《柳氏传》的主人公，还因《寒食》而得唐德宗赏识，被任命为江淮刺史，官碑也不错。

在这好运来临之前，他已在长安闲散了十年。他曾送一位官员朋友归去终南，赋诗云：

> 故园此日多心赏，窗下泉流竹外云。近馆应逢沈道士，比邻自识卞田君。离宫树影登山见，上苑钟声过雪闻。相劝早移丹凤阙，不须常恋白鸥群。

据这首题为《送田明府归终南别业》的诗中描述，他该是送朋友直送别业，看到了别业周遭风光的秀美。沈道士与卞田君都是魏晋南北朝时人，一位是隐居山中的高人，一位是归田隐逸的官人。这首诗的前两联表达为田园风光陶醉的心情，后两联却诗风一转，写在树影中看到了终南山上皇家的离宫，仿佛听到了上林苑的钟声，马上就想到了长安城中的丹凤阙（大明宫丹凤门），他随即就劝告朋友：你还是不要依恋别业、白鸥，忘情山水了，别忘了庙堂还需要你呢。

中国人的精神世界，即便官场失意，还可在山水田园之中得到解脱、陶冶，比如被贬永州的柳宗元留下了《永州八记》，黄州突围后的苏东坡留下了前后《赤壁赋》。韩翃闲散长安的十年间，应该也来过终南山，多次归去，最后又回到了长安这名利之地。他喜欢这样劝告朋友：田园之乐确实美好，但请适可而止，别忘了国家大事，别学陶渊明误了自己的前程。如《送别郑明府》一诗中就写着："劝君不得学渊明，且策驴车辞五柳。"韩翃该是很务实的性格吧。

刘中文在《陶渊明唐代接受研究》一文中针对大历年间的诗人这样写道："对于隐逸这种生活方式，大历诗人的认知依然是停留在感情层面，由于时代及个人的复杂原因，他们没有、也不可能在哲学层面给予思辨、体悟。大历诗人的人生观是极为务实的、功利的，既要享受世俗的功名逸乐，又要标榜高雅超俗的志趣、品味悠闲的人生情调。"

这段话之于韩翃，符合在十之七八了。

大历年间的另一位诗人刘长卿写《和中丞出使恩命过终南别业》，同样表达了“归去来兮”之意，有遗憾，有自嘲，比韩翃高明多了：

不过林园久，多因宠遇偏。故山长寂寂，春草过年年。花待朝衣间，云迎驿骑连。松萝深旧阁，樵牧散闲田。拜阙贪摇佩，看琴懒更弦。君恩催早入，已梦傅岩边。

同时代还有一位半路出家的诗人，就是安史之乱前后判若两人的韦应物，曾隐居于终南山沣峪口附近的沣上精舍。他的《寓居沣上精舍寄于张二舍人》一诗最后也提到了清晨上朝之场景，心态却波澜不惊：

万木丛云出香阁，西连碧涧竹林园。高斋犹宿远山曙，微霰下庭寒雀喧。道心淡泊对流水，生事萧疏空掩门。时忆故交那得见，晓排阊阖奉明恩。

宋人王谠在其《唐语林》中说：“韦应物立性高洁，鲜食寡欲，所居焚香扫地而坐。”韦应物写的大量反映隐居生活的诗可证王谠此言不虚。虽然之后韦应物为了生活也“归去来兮”，出任了滁州和苏州刺史，但到死都和隐居时一样淡泊名利。他卸任刺史后竟无钱回长安，死在了苏州寓居的寺庙中。

韦应物当时的声名远不及大历十才子。几十年后，白居易在《与元九书》中探讨诗歌史，专门提及韦应物：“……近岁韦苏州歌行，才丽之外，颇近兴讽；其五言诗，又高雅闲澹，自成一家之体，今之秉笔者谁能及之？然当苏州在时，人亦未甚爱重，必待身后然人贵之。”

看来韦应物的运气要比前辈陶渊明好很多。后世更以“王孟韦柳”为唐代田园诗四大家，还认为韦应物是安史之乱后到元白、韩孟诗派崛起前成就最高的诗人。他与大历十才子对待“归去来兮”的态度，已然预示了这一点。

不死会相逢

熟悉唐诗的人知道一半以上的唐诗都是赠友、寄友、送别、留别之作。唐代大诗人之间的交游互动很多，留下了诸多佳话，与平常所说“文人相轻”、“文人宜散不宜聚”并不符合。

大诗人之间的友谊，最著名的莫过于李白与杜甫了。闻一多形容他们之间的初次相见，是中国文化史上的一次伟大的相逢，就像是太阳与月亮碰了头，值得大书特书。他们前后两次、长达数月的结伴漫游，让杜甫念念不忘，为此写过二十多首怀念诗。那年秋天，年轻的杜甫要到长安求取功名，李白在鲁郡东石门为他送别，写下了潇洒的“飞蓬各自远，且尽手中杯”，而他“何时石门路，重有金樽开”（以上《鲁郡东石门送杜二甫》）的期望却至死也没能达成。

大诗人之间的友情，李杜之后，最让我感动的便是中唐的刘柳、元白了，说他们是生死之交也不过分。

刘禹锡、柳宗元“二十年来万事同”。永贞革新中他们也曾意气风发，之后却是近二十年的贬谪生涯，大多数时间都是相隔天涯，中间唯

——一次被召回长安（元和十年），迎来的却是被贬得更远更偏。那次他们一同走到衡阳才分别，柳宗元写下送别诗，说“皇恩若许归田去，晚岁当为邻舍翁”（以上《重别梦得》），可惜这个愿望也没能实现，几年后他就死在了贬所。

相比之下，元稹、白居易二人之间的送别诗要更伤感和悲观：“生当复相逢，死当从此别。”（《寄微之三首》其一）他们有着长达三十年生死不渝的友情，唱和之作达九百多。他们一次次被贬，直至跌到谷底，却还能一次次被召回，一次次步入佳境。他们之间的分离和相聚，实在是一出出的悲喜剧，让人欢喜让人忧。

贞元十九年（803）元稹与白居易同科登第，都被授予秘书省校书郎，二人始相识。白居易有诗云：“身名同日授，心事一言知。”（《代书诗一百韵寄微之》）“所合在方寸，心源无异端。”（《赠元稹》）元稹有文曰：“遂定死生之契，期于日月可盟，坚同金石，爱等弟兄”。（《祭翰林白学士太夫人文》）二人又在元和元年（806）的制举策试中脱颖而出，元稹被授予左拾遗，白居易被授予周至县尉。白居易写诗给元稹说：“东垣君谏诤，西邑我驱驰。”（《代书诗一百韵寄微之》）

元稹真正做到了谏诤。《旧唐书·元稹传》载：“稹性锋锐，见事风生。既居谏垣，不欲碌碌自滞，事无不言。”他频繁谏言批评朝政，皇帝都能接受，一些高官却受不住了，找理由将他贬为河南县尉。不久，元稹母亲郑氏去世，他离职回去丁忧服丧，白居易为其母亲写了墓志，且知道元稹经济窘迫，多次从自己不多的俸禄里拿出一部分资助好友。

白居易在周至县尉任上写了大量乐府诗讽喻时事，这些规讽时事的诗作不胫而走，传入禁中，求贤若渴的皇帝见而悦之，召白居易为翰林院学士。元和三年，他又被任命为左拾遗，对朝政的谏言奏疏比元稹还多。

元稹丁忧毕，被任命为监察御史，奉命翻越秦岭前往剑南东川公干。

这年三月二十一日，他到达山南西道首府梁州，晚上梦见与白居易、白行简兄弟同游曲江池和大雁塔，醒后作诗：“梦君同绕曲江头，也向慈恩院院游。亭吏呼人排去马，忽惊身在古梁州。”（《梁州梦》）令人难以置信的是白居易兄弟那天竟然真的在游曲江和大雁塔，还因思念元稹而写诗曰：“花时同醉破春愁，醉折花枝作酒筹。忽忆故人天际去，计程今日到梁州。”（《同李十一醉忆元九》）好友的行程真是一点也没算错！

元稹后任监察御史分司东都，不断上疏弹劾当地跋扈的权贵和宦官，却被罚俸召回。召回途中的一个傍晚，元稹路过敷水驿住宿时，晚到的宦官仇士良一行却无礼要他让出客房。元稹引朝廷规定而予以拒绝，遭到宦官的欺凌殴打，满头是血。他回京告状，反遭贬官江陵。朝官多次上疏论理，白居易更是连上三状论元稹不该遭贬，偏袒亲信宦官的皇帝置之不理。

元稹在江陵一待就是五年，元和十年年初，终于接到了回京的诏书。长安，也是元稹出生、成长的故乡，在长安那短短的一个来月，他与白居易等人诗酒唱和、流连忘返，倒也畅快。接着噩梦到来了，三月二十五日，朝廷贬元稹为通州（四川达州）司马，这个贬谪比上次更严重，肯定有仇士良的“功劳”。通州历来是权臣贬斥政敌和异己的地方，“夏多阴霪，秋为痢疟，地无医巫，药石万里，病者有百死一生之虑”。元稹没有让家人同行，临行前还将二十卷诗文交给白居易保存，可以说做好死在通州的准备了。

三月二十九日元稹启程，白居易等友人一直送到长安城西的蒲池村，仍意犹未尽，借宿一晚，彻夜长谈，次日在沣水边依依分别，白居易写下《城西别元九》：

城西三月三十日，别友辞家两恨多。帝里却归犹寂寞，通州独去又如何？

元稹回赠《沣西别乐天博载樊宗宪李景信两秀才侄谷三月三十日相饯送》:

今朝相送自同游，酒语诗情替别愁。忽到沣西总回去，一身骑马向通州。

白居易想到这一别或许下次不知到何年何月才能重逢，甚至能不能相逢，都说不上来，不禁又写下了一首《重寄》:

萧散弓惊雁，分飞剑化龙。悠悠天地内，不死会相逢。

元稹去通州后果然水土不服，重病卧床，几度徘徊在生死边缘，到兴元（汉中）治疗一年多才好转。

在白居易沣西送别元稹后两个多月，长安就发生了宰相武元衡遇刺案，在多数官员惊魂未定的时候，当天中午，白居易就写好奏疏递了上去，要求尽快捕杀刺客，结果被当权者以越职言事的罪名贬官江州司马，他一下子跌落到了谷底。

这一年秋天，在通州卧病的元稹得知白居易被贬江州，震惊不已，写了一首《闻乐天授江州司马》:“残灯无焰影幢幢，此夕闻君谪九江。垂死病中惊坐起，暗风吹雨入寒窗。”

在悲观失望中，白居易曾写诗给元稹:

江州望通州，天涯与地末。有山万丈高，有江千里阔。……因风欲寄语，地远声不彻。生当复相逢，死当从此别。（《寄微之三首》其一）

幸运的是刘柳之间的悲剧没有重演，他们二人重逢有期，“悠悠天地内，不死会相逢”。

元和十四年春，元稹由通州司马徙虢州长史，而白居易也恰好从江州启程赴任忠州刺史。那一日是三月十一日，元稹的船顺长江而下，白居易的船溯三峡而上，两船居然在夷陵附近的江面相交。两人大声喊着对方的名字，激动不已。他们有多少话要说啊！于是靠岸相聚，一待就是三天三夜。白居易当时写的一首诗名字很长，很能表现他们的激动心情——《十年三月三日别微之于沣上，十四年三月十一日夜遇微之于峡中，停舟夷陵三宿而别，言不尽者以诗终之，因赋七言十七韵以赠，且欲记所遇之地与相见之时，为他年会话张本也》：

> 沣水店头春尽日，送君上马谪通川。夷陵峡口明月夜，此处逢君是偶然。一别五年方见面，相携三宿未回船。坐从日暮唯长叹，语到天明竟未眠。齿发蹉跎将五十，关河迢递过三千。生涯共寄沧江上，乡国俱抛白日边。往事渺茫都似梦，旧游零落半归泉。……君还秦地辞炎徼，我向忠州入瘴烟。未死会应相见在，又知何地复何年。

第三辑　那时的家国

杜陵怀古

一

2012年冬日的一天，我和朋友到曲江新区管委会办事，没想到管委会搬了地方，等到终于找到位于杜陵邑南路的管委会新址，对方都快下班了。

办完事从雁翔路回家，看到前面有一座小山，看上去要爬的坡道很陡。可等到车开过的时候，才发现其实是先下坡，再缓缓地上坡，坡度之缓，几乎感觉不到，根本没有之前看上去那么陡，开车的朋友称之为“怪坡”。

原来就是那座“小山”造成的视觉误差，而那座小山竟就是埋葬汉宣帝的杜陵，这是我后来才知道的。杜陵所在的土原就叫杜陵原，也叫少陵原。杜陵陵园种植万亩森林，号称“西安之肺”。当时感觉那里还是挺偏僻的，尽管距离我家还不到十公里。而回家的路正是从杜陵陵园门前拐弯，然后变得宽阔平坦起来，我多次路过，竟一直没注意到拐弯处不太显眼的陵园入口。

提起杜陵，我首先想到的还不是汉宣帝，而是李白的《杜陵绝句》:

南登杜陵上，北望五陵间。秋水明落日，流光灭远山。

作为长安人，我对历史一直保持着浓厚的阅读兴趣，竟然对汉宣帝印象寥寥，感觉他中规中矩还算有为的表现，被在位五十余年的汉武大帝的丰功伟绩比得暗淡无光了。

后来陆续看到长安文友写汉宣帝和许皇后的文章，凄美的爱情故事深深打动了我。于是我重新翻阅史书，试图找到那个被我忽略了的汉宣帝。

二

这一看才发现，让我们引以为傲的凿通西域、北逐匈奴这些汉武帝时代的辉煌功绩，竟然都没能最终完成。连年的战争使文景之治带来的富裕繁荣一去不返。汉武帝晚年国库消耗殆尽，人口几乎减半，国家疲敝，人民潦倒，民怨沸腾，抗争不断。

晚年的汉武帝精神状态不好，加之在建章宫内看见了一个带剑的刺客，便疑神疑鬼，大肆搜捕，宫内搜不到，就搜上林苑和长安城。汉武帝时严刑峻法，酷吏很多，小事也能整出大事来，在宫内和城里搜出来不少当时流行的用于巫蛊诅咒的器具，就扩大化，从丞相、公主一路搜查到太子刘据和皇后卫子夫，一路的搜查都伴随着血腥的杀戮，被杀者前后数万人，这就是历史上著名的“巫蛊之祸”。

汉武帝晚年常住在离京城较远的甘泉宫，宠爱钩弋夫人及其子刘弗陵，皇后及仁慈宽厚的太子都很难见到龙颜。这就给了以江充为首的酷吏们离间父子的机会，终于逼反了申诉无望又不愿坐以待毙的太子。双方在长安城混战五日，太子兵败逃亡，走投无路而自尽，生母卫皇后含恨自缢。同时被杀的还有太子的整个宗族，包括他的儿子史皇孙刘进夫妇，他们的孩子才出生没几个月，是汉武帝的第一个曾孙，被称为皇曾孙。

这个含着金汤匙出生的男孩，连名字还没来得及取，就失去了全部至亲，而且被震怒的汉武帝关进了监狱。他如果会说话，是否也会说“愿世世代代不投生帝王之家”？幸而人间尚有温情，狱吏邴吉多次救了他，让两个女犯人喂养他。小小的他，在狱中不是经常能见到阳光，呼吸不到自由的空气，可以说是多病多灾，几次都差点死去。邴吉为他取名刘病已，就是希望他的病能好起来。

祸不单行，他两三岁的时候，汉武帝病重，听方士说长安监狱有天子气，便让人把监狱的犯人不论罪过轻重一律杀掉。邴吉紧闭大门，据理力争，一直守到天亮也不许来使进入。此时，汉武帝也醒悟了过来，于是大赦天下。在人生最后的几年里，汉武帝还建了思子台，甚至还下了罪己诏，承认自己即位五十余年，所为狂悖，使天下愁苦。

大赦后，邴吉将刘病已送到其外祖母家抚养。汉武帝临终之际命将皇曾孙收养于掖庭。虽然承认了他的宗亲身份，但地位只与普通宫人相当。掖庭令张贺曾是卫太子的家臣，并因而蒙受腐刑，他对刘病已关爱有加，还出钱供其读书。

刘病已在掖庭长到十一二岁的时候，许广汉被发配到掖庭做暴室啬夫，与刘病已比邻而居。许广汉很欣赏这个高材好学的男孩，经常带他到外面游玩，或逛市井斗鸡走马，或游历长安三辅之间，感受风土民情。刘病已最喜欢的就是城南杜东鸿固原一带的风景。他还喜欢和许广汉的女儿许平君一起玩，二人年纪相当，青梅竹马。五年后，这个男孩到了古人谈婚论嫁的年龄了，张贺本想把自己的孙女嫁给刘病已，被弟弟张安世阻止。张贺便和许广汉商量，为刘病已娶许平君为妻。那时的刘病已与平民无异，婚礼简简单单，婚后就住在丈人家里，一年后儿子出生，小日子倒也其乐融融。

三

如果汉昭帝刘弗陵不是二十一岁就驾崩，如果他留有子嗣，如果汉武帝没有杀掉那么多的子女，又如果昌邑王没有那么荒唐，皇帝的宝座怎么会轮到刘病已来坐？他肯定会平凡而快乐地度过一生。

李商隐有一首诗《鄠杜马上念汉书》，描述了这位布衣皇帝的传奇人生："世上苍龙种，人间武帝孙。小来惟射猎，兴罢得乾坤。……"

刘病已做梦也想不到自己竟然会当上皇帝。那是公元前 74 年，刘病已年仅十八岁，儿子才几个月大，就如他当年被关进监狱时一般大。刘病已的经历像极了先祖汉文帝刘恒，但文帝即位前就是代王，而自己是平民，而且幼年时还坐过牢。代王当年尚且如履薄冰，自己更应该谨小慎微，避免重蹈昌邑王的覆辙——昌邑王仅仅当了二十七天皇帝。所以他即位伊始，拥立自己的大将军霍光首次表示要还政时，他立即回绝了，他表示非常信任辅政十数年的霍光，请霍光继续主持朝政，并宣布事无大小均应先报请霍光。每次上朝，虽然如"芒刺在背"，他还是给予霍光极高的礼遇，基本上言听计从，以消除霍光对他的猜忌。

他唯一不能听从的，是大臣们按照霍光的意思，劝他立霍光的小女儿霍成君为皇后。他下诏寻找"微时故剑"，以这种方式告诉大家，自己要立贫贱时相濡以沫的许平君为后。于是，两千多年前，中国就上演了一出灰姑娘的童话。少女许平君的心思我们无从知晓，她是否幸福中有一丝担忧？

许平君心地善良，勤劳节俭，谦逊知礼，只是已不能如做平民时那样和她的病已哥哥去城南自由自在地游玩了。好景不长，她产女时，被霍光之妻霍显安排的女医暗中毒害而死，年仅十九岁。

刘病已伤心不已，将她安葬在了他们喜欢游历的城南杜县鸿固原上，并为她建了乐游庙来纪念，后来更是扩建为乐游苑，即后来的乐游原。彼时的乐游原很大，包括了现今的杜陵原（少陵原）一带。他还把自己的帝陵也选在了这里，而不是渭北五陵原上的祖陵区。

霍成君如愿以偿当了皇后，娇生惯养的她与许平君性情大相径庭，可不到两年霍光就病死了，她没有生下皇子，便在母亲霍显的指使下，多次想毒死许皇后的孩子、太子刘奭。刘病已察觉后开始怀疑许平君是否也被毒死，调查之下得知了真相。霍家惶惶不可终日，干脆先下手为强谋反，事泄被灭族。刘病已念及夫妻之情，废了霍成君皇后，让她另居别宫，霍成君却自杀了。

报了杀妻仇，二十五岁的刘病已感觉不会再爱了。清除了霍氏的影响，他把全部精力用在了政事上。他整顿朝纲，任贤选能，减轻徭赋，励精图治，使得国内富庶，边境安定，大汉国力恢复到了汉武帝之前的水平，甚至还有过之，史称“宣帝中兴”，评价他胜过了开创“文景之治”的汉文帝。宣帝治下二十多年间，西汉国力才达到了顶峰。宣帝不仅文治相当成功，武功也超越了汉武帝：大汉联络西域三十六国大破匈奴，后呼韩邪单于亲往长安，俯首称臣做北藩，汉匈一百五十年的战争终告结束；设立了西域都护府，历史上首次将西域纳入了中国版图。汉代时，对皇帝死后是否有资格立庙号很严格，西汉仅四位皇帝有庙号，宣帝为其中之一，庙号“中宗”，即中兴之主。

唐代诗人豆卢回在《登乐游原怀古》里叙述了汉宣帝的故事及其功业：

缅惟汉宣帝，初谓皇曾孙。虽在襁褓中，亦遭巫蛊冤。至哉丙廷尉，感激义弥敦。驰逐莲勺道，出入诸陵门。一朝风云会，竟登天位尊。握符升宝历，负扆御华轩。赫奕文物备，葳蕤休瑞繁。卒为中兴主，垂名于后昆。……

封建社会实行避讳制度一直都很严苛，其中皇帝的名字是必须回避的。即位十年后，汉宣帝刘病已改名为刘询，原因是“病”、“已”二字民间常用，百姓避讳不易。他还赦免了所有之前触讳获罪的人。皇帝为了百姓而改名，这在历史上恐怕是绝无仅有的。

汉武帝时重用酷吏，用严刑峻法，全国平均每百人中就有一人入狱服刑，大臣们也人人自危。《史记》的作者司马迁、对汉宣帝有恩的张贺、许平君的父亲许广汉都在武帝时因小过受了宫刑。宣帝初继位，路温舒上《尚德缓刑书》，建议崇尚德治、减缓刑罚、废除诽谤罪、广开言路等。宣帝采纳了，还下诏命官员办案时要宽大公平，并在廷尉下设置专员负责审理冤狱。

曾经当过二十七天皇帝的废帝刘贺，被霍光废除了爵位，带到长安的亲信官员有两百多名被杀，过得凄凄惨惨。在除掉霍家势力后，汉宣帝将刘贺封为海昏侯，刘贺的儿子后来还被允许继承了爵位。2015 年 11 月，江西南昌的西汉海昏侯墓考古发掘创下了多项纪录，为该年度十大考古发现之首。它是已发现的西汉墓葬中保存最完整、陪葬品数量最多、规格最高的一座，填补了十多项考古空白，考古价值远超马王堆。

当年巫蛊之祸，两派人马在长安厮杀数日，却没有摧垮司马迁写《史记》的决心，他呕心沥血、闭门疾书。汉武帝一旦知晓，《史记》恐难逃被焚毁的命运。故书成后一直秘藏于民间。二十余年后，汉宣帝治下，政治清明，社会宽松，司马迁的外孙杨恽感觉时机已到，于是献出了这部巨著，汉宣帝将之颁行天下，华夏一段重要的历史记忆遂得以存续至今。

四

天不假年，勤勉治国的汉宣帝死于四十二岁时，葬于杜陵。那时的杜陵陵区东西长三公里，南北长四公里。那时陵北的杜陵邑已经有三十多万人口，是西汉诸陵县中人口最多、最繁华的。后世的很多世家望族都自豪地宣称京兆杜陵为郡望，杜陵一度成为长安的代名词。杜陵籍的名人极多。而今我所居住的韦曲，连同少陵原下的杜曲，在汉唐时号称“城南韦杜，去天尺五”，韦杜两家在唐代出的宰相就有三十多位，而他们有一个共同的起源，就是他们自称的杜陵人，因韦杜家族的创始人都是作为汉宣帝时期的重臣迁入杜陵邑的。韦贤与杜延年都拥立过汉宣帝，韦贤在宣帝朝担任过宰相，杜延年也位列三公，是麒麟阁十一画像功臣之一，“宣帝中兴”也有他们的一份功劳。韦杜家族在文化上也是人物辈出，不说土生土长的韦应物、杜佑、杜牧、韦庄等人，就是杜甫在诗中也常常自称杜陵人。

西汉末年，王莽改制，赤眉军打进长安，掘尽西汉帝陵，唯独没动汉文帝霸陵和汉宣帝杜陵，由此可见平民对文帝和宣帝的尊重和爱戴。

宣帝的杜陵与许平君的少陵（杜陵南园）相距不远，他们感人的爱情故事为我们留下了“故剑情深”、“南园遗爱”等美丽的典故，甚至鸿固原的名称也变成了今天大家熟知的乐游原、杜陵原、少陵原了。登上这里，免不了想起汉宣帝令人感慨的一生。唐代诗人豆卢回在《登乐游原怀古》里完整地叙述了汉宣帝的故事，感慨“萧条灞亭岸，寂寞杜陵原”，“昔为乐游苑，今为狐兔园”。诗人韦应物登原，看到当年汉宣帝为纪念许皇后而建的乐游庙遗址，感慨道：“高原出东城，郁郁见咸阳。上有千载事，乃自汉宣皇。颓壖久凌迟，陈迹翳丘荒。春草虽复绿，惊风

但飘扬。……昔人岂不尔，百世同一伤。……”（《登乐游庙作》）

2015 年我四次赴杜陵。杜陵算是离西安最近的皇陵，我们享用着杜陵万亩森林带来的新鲜氧气，可除了秋天银杏叶黄的日子，其他时间这里游客都极少，跟唐朝诗人看到的一样：寂寞杜陵原。人们愿意参观的仍是高大如山、雄伟壮丽的秦始皇陵与汉武帝茂陵——秦皇汉武的名头永远那么响亮。至于重情重义，对一个帝王似乎不是什么大不了的优点。囊括西域、收服匈奴，人们总有意无意不算在宣帝的身上，刘病已这个名字似乎也不像个帝王该叫的名字。

那年第一次相见时看到的怪坡，似是高大的山，路又高又陡，走起来却主要是下坡，上坡一点也不陡，更不觉得高。陵园的入口又是那么低调简单，多次路过我都没能发现。这多像是汉宣帝的一生啊，一生下来就处于人生的低处，长长的平民生活，即便当上皇帝，也还是那么低调质朴，看似高大，实则亲切如兄长，重情重义的兄长。他将国家带到了顶峰，然后自己静悄悄地离开了，与他的平君妹妹一起，安静地长眠于此。安静，应该是他们所希望的；安静，对他们也是尊重。安静下来，你或许会发现史书上记载了此处自生的玫瑰树和树下的连枝草，那是他们爱情的结晶吧。

家族的荣耀：张安世与郭子仪

原上这一片被围起来的地，土堆、土坑星星点点，一群羊散漫地吃着草。荒草疯长，却注定长不了多高，因为就要开发为航天城二期。周边，大厦、医院、学校在新建或收尾，附近的村子拆迁得差不多了，没拆的都在加盖。要不是发现了张安世和郭子仪家族的墓地，这里恐怕早已高楼平地起了。

两片墓地相距不远，如原上数不清的古墓一样，都被盗过多次。张安世家族墓地出了一些弥足珍贵的文物，目前计划原地建博物馆。郭子仪家族墓地就没有这么幸运了，未发现珍贵的文物，恐最终挡不住拆迁。海内外郭氏后人想保留这片墓地祭祖或建馆，不断呼吁，最终无果。

这里行政上仍属韦曲，但从 2006 年底已交由国家民用航天产业基地开发，从那时开始，这片积淀了深厚历史文化的古原西北，北自曲江文化旅游区，南至原下的樊川，新城拔地而起。但也从那时开始，这片原上的古墓葬也陆续被发现，有一些甚至填补了历史的空白。

这座原就是少陵原，位于韦曲以东不远，历史上也叫鸿固原、杜陵原、凤栖原，一部分曾被包括在乐游苑之内。这些名字，每个都有一段故事。

少陵原东临浐河川道，与白鹿原相望，西南是潏河樊川，与神禾原相对。因地理位置距长安城更近，地势又高阔，文化深蕴，处处都有历史故事。长眠于此的历史人物从西周到民国，不绝如缕，尤以在长安建都最久的西汉和唐为多，其中规格最高的就是汉宣帝杜陵及数百王侯将相陪葬墓。少陵原之名得自汉宣帝许皇后少陵。张安世家族墓即是杜陵的陪葬墓之一。还有很多大唐世居周边的显赫家族墓，除了郭子仪家族，还有号称“城南韦杜，去天尺五”的京兆韦氏和杜氏家族墓，京兆颜氏家族墓等。

张安世家族墓地是我国首次发现的西汉列侯级别的完整家族墓地，为汉宣帝御赐，级别堪比汉王。张家九世封侯，断后而止，兴盛了二百多年，班固在《汉书》中称为奇迹。尽管其中十几座墓都曾被盗，仍然发掘出了两千多件珍贵文物，内中一千多件陶俑令人叹为观止。张安世家族墓地被列为“2010 年度全国十大考古发现”之一。2012 年 4 月，陕西历史博物馆举办了主题为“家族的荣耀”的文物展。

我最早通读的史书就是白话《前后汉演义》，对秉政二十多年的权臣霍光印象深刻，对张安世印象寥寥。后来才知道，霍光之下即为张安世。汉昭帝时，因“辅政宿卫，肃敬不怠，十有三年，咸以康宁”，张世安被封为富平侯。霍光要废掉即位二十七天的昌邑王，首先寻求的就是张安世的支持，谋立汉宣帝刘询，他们二人为主，张安世因此被拜为大司马。汉宣帝对霍光既尊且惮，内心更亲近张安世，当然，也有牵制霍光的意思。因其“宿卫忠正，宣德明恩，勤劳国家，守职秉义，以安宗庙”，“益封万六百户，功次大将军光”（以上《汉书·张汤传》附）。

能荣耀二百多年，是有其道理的。据文献记载，张安世尊为公侯，食邑万户，却很节俭而且低调。霍光死后，其家族迅速败亡，也让接替大将军职的张安世如履薄冰。张安世一心为国，从不拉帮结派，教育子女谦虚低调。史书记载了他很多坚辞名利的事，并说“其欲匿名迹远权势”(《汉书·张汤传》附)。张安世为儿子辞封侯，并辞去俸禄，给国家一年省下的钱以百万计，老病中还上书归还封侯和封国，不争名，不争权，不争利。他自己总是穿普通衣服，夫人亲手纺线织布，家仆都靠各自的技能吃饭，从不仗势欺人。得益于张安世，当时的朝政“枢机周密，品式备具，上下相安，莫有苟且”(《汉书·宣帝纪》)，可以说他为“昭宣中兴”立下了汗马功劳。

郭子仪家族墓地在张安世家族墓地东边不远，晚两年发现。2012年6月有十一个重大项目在航天基地集中开工，开发商发现墓葬后，怕影响进度而瞒报，并强行平墓，把一座座墓葬挖得乱七八糟，曝光后文物部门赶来进行抢救性发掘。据称，此墓地从郭子仪开始至唐末五代，绵延九代两百多年。包括郭子仪衣冠墓（郭子仪墓位于礼泉县，是唐肃宗建陵的陪葬墓）、郭夫人王氏墓、郭子仪八个儿子的墓等，可怜至少三十多座已被平，内中就有《醉打金枝》主人公郭暧和升平公主的夫妻合葬墓。所幸这些墓早已被盗过多次，除了几块残缺不全的墓志和墓室壁画外，几乎荡尽。想到郭子仪是力挽狂澜于既倒、再造大唐之人，不禁扼腕。

说起来，郭子仪的副元帅（元帅自然由太子兼任）比张安世的大将军要名副其实。张安世功劳虽大，军功寥寥，既无平叛之功，也无抵御外敌的记录。而郭子仪以武状元起家，平定安史之乱功居首位，后又临危受命多次击败吐蕃和回纥。用唐肃宗的话说：“国家再造，卿力也。”郭子仪四朝为将，两度入相，保大唐二十余年，功封汾阳王，被德宗尊为尚父。天下一安定，皇帝忧其功高盖主，他就主动交出权柄，坦然离去；国家再陷危难，他又毫无怨言，出征迎敌，个人得失在国家民族大义面前渺若微尘。史家因此说郭子仪“权倾天下而朝不忌，功盖一世而上不疑”(以上《新唐书·郭子仪传》)。郭子仪有八子、八婿，皆朝廷栋梁，孙女为皇后，也能母仪天下，家族之盛，盖过了西汉张安世，汉唐以来无与伦比。郭子仪家族的辉煌的秘密从两则小故事中可窥一斑。

郭子仪退休后，皇帝赐建汾阳王府。一天，郭子仪拄着拐杖视察工地，顺口叮嘱砌墙工匠把墙基建得坚固一些。这位工匠说："王爷请放心，我家祖孙三代都是泥水匠，不知盖了多少府第，只见过房屋换主人，还未见过哪栋房屋倒塌了的。"这番话让郭子仪很是感慨，于是变得更加通达，还经常以此来告诫子孙。

他的汾阳王府规模很大，但大门一律敞开，平民百姓也可以进出。家人对此有疑虑，郭子仪说："我家的马吃公家草料的有五百匹，我家的奴仆吃官粮的有一千多人，如果严加限制，不与外面来往，必定引起一些人的怨言，而贪功害能的人会乘机诬陷，搞不好大祸就会临头。四门敞开，任人进出，即使有谗言，圣上也不会相信。"

大唐后来那么多割据自立、动辄反叛的节度使，想想郭子仪，真是脸都不知道该往哪儿搁。可惜郭子仪只有一个。

一个人是否成功，除了当世的毁誉，也要看其后代的品行操守。从古到今，多少"英雄人物"最后毁在了儿孙手中。富不过三代，在中国屡试不爽。西谚也说培养一个贵族需要三代人。少陵原上，这两片家族墓地，在启示着我们。

高阳原上的失败者

从长安韦曲到郭杜这条宽阔的西长安街，是我走得最多的一条路。这一路上学府鳞次、商铺栉比，高楼林立，寸土寸金。郭杜樱花广场旁边的地曾拍出了一亩千万元，令人咋舌。去年七八月起郭杜主街道因改造封闭，半年时间里，我只得绕行樱花广场附近的其他小路，认识了高阳一路到高阳四路。原来在古代这里被称为高阳原，顾名思义，一座势高而向阳的土原。原来我登得最多的原，不是少陵原或神禾原，而是高阳原。

高阳原有多大，现在已说不太清了。历史的变迁，河流的改道或消失，特别是这些年的城市化改造，也已使人们感觉不到这里的地势之高。行驶在西长安街上，偶有一些难以察觉的起伏，总体感觉几乎一马平川。土原一般是因为四周河流冲刷而成其高。根据吕卓民先生的考察，高阳原应该属于神禾原的尾部北段，是潏河北岸的一片高地，居安村、郭杜镇、长里村都位于原上。高阳原包括了现在的郭杜大部分，数所大学校园和比亚迪、法士特等大型企业，以及紫薇田园都市都涵盖在内，今日都已成了平原的一部分，城区的一部分，泯然难分。

在古代，土原因其高敞，是理想的墓葬之地。咸阳五陵原有西汉五座帝陵，白鹿原有霸陵，少陵原有杜陵，高阳原没有上述这些原高，也比较小，因此没有皇陵，大陵也很少，但古墓葬却一点不少。城市基建及文物抢救，高阳原上发现了从秦至唐千余年各个时期的古墓葬，特别是隋唐时期的墓葬，已发掘超过一千座，庶人墓居多，亦不乏皇室宗亲和名门望族之墓。根据墓志，目前最有名的墓葬竟然都为初唐数次政变失败者之墓，莫非这里是皇族中获罪者的专属葬地？

唐代皇族成员死后最高的待遇是陪葬于渭北咸阳原上的皇陵附近，被武则天赐死的懿德太子和永泰公主之墓就陪葬于乾陵；其次是葬于长安城东郊的皇家大族墓葬区，不少王子公主都葬于此。因此我想，葬在高阳原的皇族成员，政变失败者外，或许都是些失意者吧。他们唯一的慰藉恐怕是：不管你地位多尊崇，最终都不过一抔黄土。

葬在高阳原上的失败者，首推大唐皇族最早也最大的一位失败者——太子李建成。

李建成之墓（隐陵）可能位于郭杜街道羊村、长里村一带，其墓志早就被盗，几经辗转，2013 年 7 月由警方收缴并移交西安博物院，被定为国家一级文物。这位“玄武门之变”的失败者，墓志极为简略，仅有短短的五十五字：

> 大唐故息隐王墓志。王讳建成，武德九年六月四日薨于京师。粤以贞观二年岁次戊子正月己酉朔十三日辛酉，葬于雍州长安县之高阳原。

墓志一般都会记载的墓主生平、功绩及评价，这里都没有。大唐历史上的第一位太子，墓志竟如此简略，由胜利者书写的历史中，他平庸无功、气量狭窄，还多次意图加害兄弟。事实真是如此吗？

史官留下的种种线索，让后来的史学家能够还原出李建成的真实形象。他“性宽简”，“颇仁厚”，体恤下士，有勇有谋，在建唐大业中与胞弟李世民各领一军，军功卓著，几无败绩。唐建立后，作为太子，李建成留守长安，以治国为主，军功的确较秦王李世民少，但即便如此，仍有抗突厥、平山东之大功。虽说历史无法假设，但能揣想，他若顺利继位，也是能够开创出大唐盛世的。

在越来越激烈的兄弟之争中，李渊一直是站在太子这边的，助其剪除秦王羽翼，让秦王出镇洛阳。太子并不想赶尽杀绝，因为他在法理上占据着主动，且支持者甚众。他只想通过政治手段来制止秦王的夺嫡行为。那日，他和支持他的胞弟、齐王李元吉一同经玄武门上朝，李渊和朝廷重臣就是要借那次朝会彻底解决兄弟之争。不出意外的话，太子仍将是太子，秦王则可能出外做藩王。眼见夺嫡无望，秦王一方孤注一掷、铤而走险，发动玄武门之变，弑兄杀弟，连同太子的五个儿子、齐王的五个儿子一并杀害——如此残忍，竟还给李建成谥号“戾”（后改为“隐”），并用武力威逼高祖，形同囚禁，高祖不久即退位。做了皇帝的李世民，也并非天下归心、万民拥戴，而是面临着广泛的质疑，朝野一时动荡不安，一年之间就发生了四次较大规模的公开叛乱要为高祖和太子讨回公道。兄长的优秀和人气逼使李世民知耻而后勇，延续了父兄的治国理念，重用了兄长的部分重臣，赦免天下，安抚百姓。另一方面，他也不断让史官打扮历史，在建唐大业中突出自己及玄武门功臣，贬低父兄的历史功绩。毕竟还是心中有愧，李建成的墓志上没有任何贬语，且能看出墓志原有一字是被磨去了（应该是“戾”），改为了“隐”字。

李世民靠“玄武门之变”逆袭成功，结果却是打开了潘多拉魔盒，使得有唐一代的太子其位都岌岌可危。从李世民的儿子们开始，三代之间，大的政变就有六七起，基本都跟玄武门有关，成功率也相当高，未发展到政变的谋反和被诬陷的“谋反”就更多了。李世民的子孙大多竟都落得非正常死亡，不知道高阳原上长眠的隐太子李建成，作何感想？

高阳原上埋葬的第二位皇族失败者是李渊的第七子、汉王李元昌，罪名是参与谋反。

李世民的太子李承乾被胞弟、魏王李泰逼迫得储位不保，铤而走险，准备先下手为强进行逼宫，结果事情败露，太子被废，两年后抑郁而死。汉王李元昌是太子的同谋，积极出谋划策，因此被赐死，年仅二十五岁，以国公之礼“窆于雍州之高阳原”。李元昌墓出土的墓志文字远较李建成多。李元昌年纪虽轻，书画造诣很高，《唐朝名画录》称其“善画马，笔踪妙绝……画鹰鹘雉兔……佳手降叹”，且颇有音乐才能。可惜对美的追求没能超越年轻的他心中的权力欲望，他走上了高阳原的不归路。如果他不参与这场权力的游戏，而是用心追求书画艺术，成为李唐王室成就最高的艺术家恐怕不难。

高阳原上埋葬的第三位知名的失败者是李世民的第二个儿子李恪，他死于被诬陷参与谋反。

李承乾、李泰双双失败后，太子的人选依次为嫡三子、晋王李治和第二子、吴王李恪。李治柔弱，李恪英武，太宗曾说李恪“英果类我”（《新唐书·李恪传》），史书也说“太宗尤爱之”（《大唐新语·酷忍》）。李恪“善骑射，有文武才。其母隋炀帝女，地亲望高，中外所向”。即便已立李治为太子后，太宗还几次想要改立更像自己的李恪，在李治舅父长孙无忌的谏阻下，才打消了念头。正因如此，长孙无忌颇忌嫉李恪。李治即位三年后，房玄龄之子房遗爱与其妻高阳公主牵涉谋立荆王李元景（高祖第六子）案，在长孙无忌的策划下，房遗爱为活命而诬陷吴王为其同谋，长孙无忌不顾高宗劝止，命李恪自尽，“以绝天下望”。李恪悲愤不已，死前高呼：“社稷有灵，无忌且族灭！”（以上《新唐书·李恪传》）李恪的四个儿子也被流放岭表。李恪葬于高阳原，墓志《大唐故李君之墓志铭》于2007年被发现，有近九百字，颇多诋毁之词。所幸高宗和武后清除长孙无忌势力后，为李恪平反，其子均被召回。李恪子孙都挺争气，有的做到了宰相，政治上颇有建树。

高宗宽厚柔弱，后来被武后取代。武则天改唐为周，任用酷吏，大杀李唐宗室，不少人都为太宗没有立李恪而感到惋惜不已。

李恪的长子李千里在武后时期明哲保身，唐中宗神龙政变复辟后，进封成王，拜左金吾大将军。中宗李显庸弱无能，朝政被韦后、武三思父子和安乐公主等人把持。太子李重俊非韦后所生，安乐公主时常凌辱于他，甚至还要求父亲立自己为皇太女。李重俊羞愤之下联合李千里等人发动景龙政变，杀掉武氏父子后，欲冲进玄武门杀韦后和安乐公主，可惜城楼上还有中宗在，太子失败被杀，李千里自然也难逃一死。韦氏被诛后，李千里得昭雪。

这就引出了高阳原上已知的第四位失败者——安乐公主。

说起来，韦皇后和安乐公主都算是绝代佳人，安乐公主甚至被称为唐朝第一美人。武则天时期，这母女两代人的兄弟姐妹几乎被屠杀殆尽。安乐公主出生于父亲李显被废黜贬于房州的途中，条件简陋，李显脱下自己的衣服包住小婴儿，故安乐名叫李裹儿。在房州胆战心惊地过了十四年，终于随父母重返京城。李显重新被立为太子，一家人才享受到了安逸的生活。《新唐书·安乐公主传》说：“帝复位，（安乐）光艳动天下，侯王柄臣多出其门。”经历过苦难，母女俩想要纵情享乐，中宗觉得妻女受累多年，对她们也很是纵容。安乐公主府邸在两京有多处，占地都很大，却还向父亲索要昆明池纳入自己的园林，未成便强征百姓田亩，建造了比昆明池更大的定昆池。母女俩的物质和权力欲望太盛，无法自拔，竟然毒死中宗，想当女皇和皇太女，李隆基与太平公主发动唐隆政变，诛杀之。安乐公主死时二十六岁，被废为“悖逆宫人”。毕竟是皇族，睿宗以二品礼葬其于高阳原上，而原的西北面，正是她的私家园林定昆池。

真是一场繁华一场梦。她的墓志2008年在郭杜出土，连名字和排行都没写，只写“宫人讳某字某姓李氏，中宗孝和皇帝之第某女也”，罪状倒是条条俱陈。

唐睿宗立太子时，终于没有出现兄弟之争，他的嫡长子李成器坚决辞让太子之位，说“储副者，天下之公器，时平则先嫡长，国难则归有功”，推荐庶三子李隆基，被称为“让皇帝”（以上《旧唐书·让皇帝李宪传》），太平公主怎样挑拨都不起作用。睿宗两年后禅位给太子李隆基，放手让儿子治理天下。在太平公主意欲谋反时，李隆基连同兄弟等人再次先下手为强，上演了“兄弟齐心，其利断金”的一幕，杀死权倾天下的太平公主及其党羽，终于结束了自玄武门之变以来的动荡，百年初唐过去，历史进入了平稳的盛唐。睿宗吸取了祖宗三代以及哥哥中宗的教训，懂得放手，便过得逍遥。他的五个儿子虽然不是同母所生，却学会了不争和谦让，兄慈弟恭，得享天伦。睿宗的女儿们也不学太平和安乐，金仙公主、玉真公主选择了入道，开启了有唐一代近二十位公主入道的序幕，从此，残忍的权力角斗场上再没有了公主们的身影。

初唐历次政变的失败者，如与李建成同时被杀的齐王李元吉，与李恪同案而死的荆王李元景、高阳公主、巴陵公主，被武则天杀掉的诸多李唐王室成员，及韦皇后、太平公主等人，极有可能也被葬于高阳原。

高阳原上的失败者之墓为我们还原了初唐近百年的政治斗争史。纵使史家再有能耐，权力也无法避免它的血腥味儿。如果可以投生的话，我想，他们肯定希望不再生于帝王之家。

随着西安城市大开发的进展，郭杜地区包括高阳原的区位优势越加凸显，这里有联合国承认的“可持续发展的中国小城镇”项目，一片古原早已成为一方热土，为高新开发区、西部大学城、科技产业园、郭杜工业园和高楼林立的密集住宅区所覆盖。高阳原上仍未获发掘的众多墓葬或许将永远湮没不闻了。失败者原该寂寞，他们也未必希冀被后来人记得。

韦曲：一个家族的背影

一

屈指算来，住在韦曲已有八年了。这片两原之间的沃美平川早已融入了城区，主街道也常见交通拥塞，但生活总的来说还算悠闲散漫，不像市区那般不由得就要行色匆匆。不知是否背靠终南山的缘故。这里还有少陵原与神禾原在两侧护卫着。

慢节奏的生活和悠闲的心态正可以滋养文化。韦曲的文化氛围很浓厚，随便一家不起眼的饭馆，都会挂着几幅书画，即便作者不知名，水平却不差。韦曲文人墨客之多，在省内是排得上号的，闻名全国的大家也不少。在这种氛围中，我重拾写作之笔，融入长安的文化圈，也是自然而然的了。

我对韦曲的感情，可分为现实与历史两种。现实中，我在这里过上了安定、自由的生活，对这里及这里的亲朋好友心存感谢，我写的散文

《韦曲》就表达了这种感情。对于历史上的韦曲，我抱着温情，因为这片沃土曾经养育了许多杰出的人物，我的随笔《杜甫的韦曲朋友》就讲了这些人物的故事。那篇文章谈到诗圣杜甫十几位韦曲朋友及他们对杜甫的帮助，其中十位出自同一家族——京兆杜陵韦氏，韦曲之名就源于这个家族。

离我家不远，有座楼盘名为“长安相府”，用的就是韦氏家族出了多数位宰相的典故。从汉至唐千余年间，韦氏家族扮演的不是可有可无的角色，往大了说，有人改变了历史的走向；往小了说，没有了韦氏家族，城南这大片沃土也就平淡许多，今日浓郁的文化氛围恐也不存在了。

这是怎样一个家族？为什么如今拥有三十万人口的韦曲却没了韦姓之人？他们何时离开了生活千年的家园？

二

韦氏家族原非京兆长安的土著，按照《新唐书·宰相世系表》的记载，往上古追溯，韦氏是五帝中的颛顼之后，夏代少康封这一支的族长元哲于豕韦之地（今河南滑县东），从此有了豕韦这个诸侯国。战国末年，豕韦国（韦国）被东周最后一个君主周赧王所夺，豕韦贵族遂迁居相距不远的彭城（徐州），并以国为氏，便有了韦姓。算起来，豕韦国虽小，却比夏、商和战国七雄都存在得更长久，竟有一千六百年，难怪二十八星宿里的北方室宿别称“豕韦”，正因为有悠久的、连续的历史传承，韦氏后人有恒产，有恒心，在王朝更替、世事变迁中积淀着、发展着，始终保持着一定的社会地位和影响力。

豕韦国消失数十年后，西汉建立，刘邦之弟刘交被封为楚王，建都彭城，他征召彭城贤士、韦氏一族的韦孟做太傅。韦孟兢兢业业一直辅佐到第三代楚王刘戊，刘戊残酷无道，他于是辞官避祸，带领家族迁到了北边的邹地。果然，刘戊后来积极参与七国之乱，杀掉了劝阻他的太傅和相国，在对阵周亚夫时兵败自杀。

邹地出过孟子，又紧邻曲阜。作为儒家诞生之地，邹鲁礼乐盛行，学术氛围浓厚。韦孟后人笃志于经学，诗书相传，在邹鲁以儒闻名，五世孙韦贤更是出类拔萃，人称“邹鲁大儒”。他被汉昭帝征召为博士。成了皇帝的老师，封官加爵自不会少。汉代营建帝陵时，规定高级官员和豪族必须举家迁入陵邑中来，也是一种很高的荣誉，韦贤家族于是从邹地迁入了关中的平陵邑（平陵为汉昭帝陵）。汉宣帝时，韦贤因拥立之功封关内侯，还当上了丞相。韦贤守正持重，声望颇佳。他还是历史上第一个告老的官员，并不贪恋权位。韦贤四个儿子都很有出息，尤其是少子韦玄成，很受宣帝赏识，因此又获准迁入了杜陵邑。杜陵邑在今曲江以南、汉宣帝杜陵以北。那时杜陵邑已有三十多万人口，是西汉诸陵邑中距汉长安城最近的，也是人口最多、最繁华的。后世很多世家望族都以郡望京兆杜陵为傲。韦家也在杜陵邑发展壮大起来。韦玄成在汉元帝时做到了丞相，史称其文采胜过其父。昭宣中兴，也有京兆韦氏家族一份功劳。继韦贤、韦玄成父子之后，韦氏在西汉官至两千石以上者十余人，其中韦赏还位列三公，可谓盛极一时。

西汉灭亡后，东汉定都洛阳，经过战争的洗礼，随着帝都的迁移，长安城和几个陵邑衰落了。韦家于是迁居到了杜陵邑西南、樊川之尾、少陵原和神禾原之间的这片沃美平川。潏河、皂河流淌其间，曲折蜿蜒，于是这里就有了“韦曲”这个地名。韦家深厚的儒学背景，令韦曲成了另一个曲阜。东汉二百年，韦氏一族没有去洛阳追求显赫与腾达，而是坚守长安，“诗意地栖居”，以韦家的根基儒学为立身之本，与皇权保持着若即若离的关系，出的学者比官员多，韦彪、韦义、韦豹等人都是重家学、轻仕宦的大儒，即便他们不得已做了官，也不忘著述，政声还相当不错，儒士们以为楷模。

韦彪为官时曾就选官上书汉章帝，建议以才能品行为第一标准，不能仅看功勋门第。出身关中士族的他能提出唯才是举，的确难能可贵，可是他扭转不了愈演愈烈的重门第的风气。魏晋之世，实行九品中正制，选官只看家世出身，门阀士族于是垄断了官场，“世胄蹑高位，英俊沉下僚”（左思《咏史》），“上品无寒门，下品无势族”（晋书《刘毅传》）。这时京兆韦氏韦端、韦康、韦诞父子等人官都做得不小，且都工书法，尤其是韦诞和其子韦熊，是当时著名的大书法家。

魏晋南北朝历时近四百年，既是战乱频仍、礼崩乐坏的黑暗乱世，也是民族融合、英雄辈出、文学自觉的白银时代。对于世家大族来说，危机与机遇并存。很多北方豪门在永嘉之乱及十六国时期衣冠南渡，成了南方的侨姓，与南方吴姓妥协，继续维持着风光，如王、谢、袁、萧等家族。留下来的世家大族为了自保，不得不修建城坞，招募私人武装，这就导致两种结果：要么抵抗失败被灭族，要么顺从北朝为新政权服务。有的家族比较庞大，不同分支选择不同。

京兆杜陵韦氏作为关中第一士族，在“白骨露于野，千里无鸡鸣”（曹操《蒿里行》）的北方大动乱中，为了生存发展，也面临着南渡还是留守的重大抉择。考虑到韦家在长安十余世所繁衍的庞大族群和富庶田产，南渡言易行难。出于守护家族基业的考虑，韦家没有南渡，而是选择了坚守，并为此付出了代价。为了保全宗族，韦氏也不得不向异族低下高贵的头颅。匈奴人在长安建立了前赵，征召大儒学者韦谀为黄门郎，他无奈服从。后赵石勒打败了前赵，又封他为京兆公。冉魏灭后赵，冉闵又拜韦谀为光禄大夫，但却被韦谀“好直谏”惹恼，将其杀害，连韦谀的儿子也没有放过。

长安直到前秦和后秦时才有了六七十年比较安定的时期，韦华有了施展聪明才智的机会，官至后秦的宰相，不仅保护了家族，也保护了关中的汉族百姓。

北魏统一北方至西魏、北周时期，关中获得发展空间，京兆韦氏又开始人文荟萃起来，有二三十人封侯拜将。与以往相同的是这些韦家人都是有节操的清官廉吏，与以往不同的是其中不乏文武兼备的将才。身处乱世，韦氏也不得不学习领兵抗敌的本领了，其中最出色的当数韦珍和韦孝宽。韦珍是魏孝文帝时的重臣，镇守与南齐接壤的东荆州，他曾招降当地山民七万余户，又数次挫败齐国北上，官至镇远将军。他的三个儿子也都因功被封为将军。可以想见，韦家在魏孝文帝大力推行汉化中出力不少，北方由此进入了民族大融合时期。留守北方的士族不容易，与五胡政权勉力周旋，在战乱中守护着中华文脉，用文化吸引并融合了异族。留守的士族比南渡的士族更值得尊敬。

西魏的大将韦孝宽镇守军事重地玉壁二十年，玉壁之战以少胜多，挫败东魏高欢亲率的大军，扭转了西魏在战略上的劣势。他又在北周吞灭北齐中立下了赫赫战功。他还多次击败南朝梁、陈的军队，被封为上柱国，获得了北朝所有的高等勋位。韦孝宽一生几乎未尝有败绩，是战神一般的存在，以七十二岁高寿无疾而终。虎父无犬子，他的几个儿子也都是大将军。为西魏、北周立下战功的韦家大将军还有韦瑱、韦祐等人。

韦孝宽的兄长韦敻是当时很有威望的高士，淡泊于权位与名利，朝廷十次征召都不从命，被称为逍遥公。周武帝想要取缔佛、道，准备做些舆论准备，于是让韦敻论述儒释道三教优劣。他以为以儒立身的韦敻一定会得出儒家最优的结论，不承想韦敻呈上一篇《三教序》，认为三教都导人向善，没有优劣之分。韦敻虽然没能阻止周武帝禁灭佛、道，但其不曲学阿世的风骨为世人敬佩。韦敻虽没有领军的能力，儿子韦世康、韦洸、韦艺、韦冲却都是周、隋两代将军里的顶梁柱。用陈寅恪的话来说，从西魏宇文泰开始就执行的关中本位政策，以关陇军事贵族集团为核心，最终取得了压倒性的优势，统一了北方乃至全国。关中著姓京兆韦氏与时俱进，成功转型为军事贵族集团的一员，其中韦世康还娶了宇文泰的女儿。

在此之前，东晋刘裕北伐收复长安，不久又退出长安，京兆韦氏家族的一小部分人随着晋军撤到了南朝，定居襄阳。这个决策是明智的：万一关中的韦氏被五胡灭族，至少还有韦氏在南方薪火相传。优秀的家族注定不会被埋没，江南的韦氏后人也涌现出了二十余位杰出的人物，特别是韦叡一门。

韦孝宽独具慧眼，选择辅佐较弱的西魏宇文泰，在南朝的韦叡也独具慧眼，他看好萧衍，率两千多人追随萧衍并为他出谋划策，助他建立了梁朝。韦叡又多次击退北魏的入侵，特别是著名的合肥之战与钟离之战，前者使南朝拔掉了一颗顽固百年的楔子，后者使北魏元气大伤，再不敢轻易南下。南朝战神韦叡与北朝战神韦孝宽一样，都很高寿。韦叡活到了七十九岁，获得了南朝一系列最高的勋位。幸亏韦孝宽比韦叡小了一代，否则南北韦家两位战神碰在一起，真不知道会是怎样的情形。

韦叡的四个儿子才能出众，两位文官，两位武将，都受老百姓称颂。特别是韦黯与侄子韦粲，在侯景之乱中与乱贼侯景英勇作战，不幸先后战死，韦氏子弟、亲属被杀者数百人，韦粲的首级还被侯景挂在城楼上示众，用以瓦解对方军心。梁帝闻讯痛哭道："社稷所寄，惟在韦公，如何不幸，先死行阵。"（《梁书·韦粲传》）韦氏一门对梁朝可谓忠心耿耿。所幸韦叡之孙韦载在平定侯景之乱中立功，也算是报了大仇。

在北朝，汉人杨坚代周，建立了隋朝，韦孝宽、韦世康、韦操、韦艺等人参与平定尉迟迥之乱，稳定了新政权。之后，在南下灭陈的战役中，韦洸任行军总管，韦师供事元帅府，均立有大功。全国统一后，韦家将军们守北疆，抚西南，为政宽简，南北相安。韦世康数次告老辞官，隋文帝不允，说"（朕）冀与公共治天下，以致太平"（《隋书·韦世康传》），尊崇可见。隋文帝还让两位皇孙分别迎娶韦冲和韦师之女，并将皇孙女嫁与韦孝宽之孙韦圆照，通过联姻加强了关中两个望族的关系。

南北一统之后，投奔南朝一百八十年的韦氏后人怎样了呢？

在漫长的历史中，韦家人锻炼出了一双慧眼，在关键时刻总能做出正确的选择，从而化险为夷。南朝韦叡之孙韦鼎在陈朝也是高官，曾奉命出使隋朝，在长安皇宫里初见隋文帝，就看出他“贵则天下一家”（《隋书·韦鼎传》），便倾心北归。因此隋灭陈后，杨坚厚待韦鼎，并安排南朝韦氏一脉回到长安城南的故乡韦曲，与韦世康等韦曲故族共同续上了七卷本族谱——《韦氏谱》，南北韦氏终于团聚了。

隋代值得一提的韦家人物还有名将韦云起和出使西域的韦节。大业初年，韦云起受命讨伐契丹，他孤身一人前往突厥借兵两万，突厥各部畏其威听其调遣，最后他用计大败契丹军，俘获四万人。几乎同时，炀帝派韦节与杜行满通西域，韦节圆满完成了任务，归国后著有《西蕃记》，对之后隋朝扬威西域起到了关键作用。

隋朝已经到了，唐朝还会远吗？几百年的乱世已经结束，战士不是战死他乡，便是回到故乡，韦曲的将军们收箭下马，回到了安静的书房。经历了漫长的坚守、积淀与发展，他们应该能预感到，南北融合后的盛世即将到来，家族的光辉岁月即将到来！

三

隋文帝如此礼遇韦氏，韦家人怎能不报效呢？可惜隋炀帝后来荒淫无道，不重视关中这块龙兴之地，更有意削弱关陇贵族的地位。他常年待在江南，还爱到处发动战争，大好的国家就这样断送了。李渊攻取长安城，唐军对百姓秋毫无犯，且与民约法十二条，得到了包括韦家在内的关中士族的支持和拥护，后者在攻打外城的关键时刻开城投降，长安得以保全。

韦家在唐高祖和太宗时期虽然没有出过宰相，但位至中枢的不少，有名臣韦挺和时号“三列宿”的韦季武、韦叔谐、韦叔谦兄弟等人。唐太宗李世民的后宫中，除了结发之妻长孙皇后，最受宠爱、地位最高的就是韦贵妃了。

韦家在韦曲历经六七百年的繁衍，到唐代达到了鼎盛，支脉众多，据新旧《唐书》记载，出过宰相的就有韦氏九房，总计十七位唐宰相，其他见于史书记载的韦家人物有九百多名。此种盛况，只有另两大家族崔氏与裴氏堪可媲美，《旧唐书·韦述传》说：“氏族之盛，无逾于韦氏”。长安更是有俗谚“城南韦杜，去天尺五”，极言韦杜两家之尊贵、与皇家关系之密切。

为什么一个并未深度参与立国的家族，能比开国功臣的家族更荣耀且更长久呢？功臣之家往往两三代而衰，家学相传的士族却能长久不坠。即便实行了科举制，韦家这样的经学世家，不靠门第靠学识，其子弟也能通过科举近身。韦家十七位宰相，十二位都是通过科举入仕的。可见“富不过三代”并不绝对。按照过去用僵化了的阶级历史观，韦家应该算是大地主阶级，是阻碍历史进步的豪门权贵，但从另一个侧面看，韦家也是一个在传承文化、和睦乡里、保境安民方面贡献颇多的家族。这样一个家族，算不算稳定社会的一个元素？它的轨迹似乎告诉我们：不管社会如何变迁，诗书传家总是不会错的。在封建时代，当一个家族的积淀足够深厚，影响力足够大，任何朝代的统治者都会善待它，拉拢它，利用它的人才为自己服务。

韦家绵延不坠，除了安家立命的文化传统与保境安民的历史功绩起到了作用，还有偶然因素成全。东汉末年国家分裂到南北统一的四百年间，韦氏作为长安贵族，选择的余地并不大，谁统治长安或者定都长安，它就得跟从谁。幸运的是魏晋、前秦、北魏统一北方，西魏、北周以弱胜强，隋代周后统一全国，唐代隋后走向辉煌，这些王朝在历史上都是所谓“正统”。与其说韦家人眼光狠准，不如说走好运，从东汉一个中等士族逆袭为隋唐高等门第。

当时的社会崇尚门第和家学，山东士族地位很高，他们一般不与外族联姻，而是内部通婚，连皇室宗亲都看不上。唐太宗时修《氏族志》，高宗时编《姓氏录》，都是为了提高李唐皇族、关陇集团和当朝高官的地位。李唐自称出自陇西李氏，官方定位一等，对山东士族“例降一等”，且禁止山东王、崔、卢、李、郑五姓七郡四十四家之间私自通婚，于是关中郡姓开始崛起成为第一集团。按柳芳在《氏族论》中所说，关中郡姓，“韦、裴、柳、薛、杨、杜首之”。裴、柳、薛三家本是河东三著姓，唐初即迁来长安，彼时已算关中大姓。之后山东士族因科举制的原因，也陆续迁往长安与关中士族竞争，得以继续保持着各自家族的荣耀。

唐代的韦曲盛况如何？初唐诗人宋之问在《春游宴兵部韦员外韦曲庄序》中有大量描述，兹节选部分：

> 长安城南有韦曲庄，京郊之形胜也。却倚城阙，朱雀起而为门；斜枕岗峦，黑龙卧而周宅。……先人结庐，当大厦之地；众宾连袂，乘暮春之月。观其奥区一曲，甲第千甍，冠盖列东西之居，公侯开南北之巷。嬴女楼下，吹凤降于神仙；汉妃馆前，濯龙走其车马。地灵磊落而间出，天爵蝉联而相继。……闺门之秀士咸集，京邑之清流毕萃。万株果树，色杂云霞；千亩竹林，气含烟雾。激樊川而萦碧濑，浸以成陂；望太乙而邻少微，森然逼座。……

可以想见韦家在上巳日举行祓禊活动的盛况，亲族相聚，濡皂流饮，令人神往。清明节时韦家人又举族登上少陵原，各房络绎去祖坟扫墓、祭祖，好不壮观。中秋夜与大年夜，韦家在长安城内的朝官和全国各地的外官都归来韦曲，济济一堂，甲第千甍，一片浓浓的亲情与团圆气氛。

自武后朝韦家开始荣登相位，先是韦思谦、韦承庆、韦嗣立父子三人相继为相，后是韦待价、韦安石、韦巨源三位五服之亲先后为相。其中，韦安石历仕三朝，他耿直忠谨，有“真宰相”之称。

但武周后期和中宗朝最显耀的韦氏支脉还不是这两房，而是驸马房。因为唐中宗韦皇后之故，这支韦氏有多人当上驸马，故称驸马房。

中宗是个可悲的皇帝，因为他的母亲是武则天。两位哥哥被母后所杀，他和韦后所生的懿德太子李重润、永泰公主李仙蕙也被母后杀死，自己被母后废掉，贬斥他乡，一直心惊胆战，屡次想自杀，全赖韦后排忧解难。韦后家族也可怜，父亲死于贬所，母亲和四个弟弟被害。这对患难夫妻相濡以沫，颇恩爱。守得云开见月明，二十年后，中宗再次当上皇帝，韦后也学武则天创立的“二圣临朝”，和中宗共理朝政，族兄韦温为宰相，族人韦播、韦璿等掌握禁军，同时在朝的韦家高官达十数人。可惜韦后不珍惜已有的一切，想学武则天做女皇帝，与武家人勾结，逼反并杀掉了非己所生的太子李重俊，后来竟然还毒死了中宗，最终被李隆基发动政变杀死，连累韦氏驸马房被灭族，老少不能幸免。陈寅恪提出的影响唐代百年政局的李武韦杨婚姻集团，最终都以悲剧收尾。

这是韦家遭遇的最大一次变故，其他支脉虽然未受多少牵连，但对唐玄宗而言，韦家再想出宰相就没那么容易了。

韦坚的奋斗史比较能说明这个问题。韦坚的姐姐是惠宣太子妃，妹妹是皇太子妃，他自己是能吏，曾率众凿广运潭以通漕运，并在此为玄宗举办过盛大的献宝大会，出尽风头，很得玄宗欢心。不少人推荐他当宰相，他却被奸相李林甫视为眼中钉，构陷他与边将谋立太子。玄宗将信将疑，打算贬官了事，结果韦坚几个弟弟上诉申冤，玄宗大怒，将韦坚及其弟全部贬杀。此案牵连甚广，太子也为了自保而与韦妃离婚。玄宗在位四十四年，最后两年才破例任用韦见素为宰相。

不管怎么说，开元盛世算是古代最大的盛世了，“忆昔开元全盛日，小邑犹藏万家室。稻米流脂粟米白，公私仓廪俱丰实”。作为贵族，韦家当然过得相当滋润甚至可以说奢侈。韦安石之子韦陟与其父一样，刚直严正，名高望重，有希望拜相，因此受到李林甫和杨国忠两位奸相的排挤。在生活中他是个美食家，食材要求极苛，每次吃饭，厨房丢弃之物都价值万钱，宴请公卿世族，水陆俱陈，客人叫不全菜名。他继承父亲爵位为郇国公，时人便以“郇厨”来指代美食佳馔。“板荡识忠臣”，安史之乱中韦陟担任御史大夫兼江东节度使，参与平定永王璘之乱，稳定了江南形势。杜甫因替兵败的房琯仗义执言而触怒了唐肃宗，肃宗让韦陟等人审问杜甫，欲加之重罪。韦陟审案后的结论是：杜甫虽词涉激烈，然而未失谏臣体。肃宗没达到目的，因此疏远了韦陟。

韦述是开元时期的大史学家，居史官二十年，撰成《国史》一百一十三卷及大量著作。韦述家有藏书两万余卷，都经过亲手校订，宫中之书不能企及。安史之乱中长安沦陷，典籍史料都被焚毁，韦氏家族也不能幸免，韦述抱着《国史》藏于终南山，之后又及时献给了朝廷，为此《旧唐书》称赞他：“于苍黄之际，能存《国史》，致圣朝大典，得无遗逸”。

盛世兴收藏，韦述是个收藏家，所藏字画文物不可胜数，包括本族名家不少珍品。韦家出了好多大画家，韦鉴、韦銮兄弟就很出名，韦鉴善于画马，韦銮则长于山水石松，大慈恩寺廊壁的松树就是他画的。

韦鉴之子韦偃于绘画从小耳濡目染，及长则兼具二人之长，马和松石俱出名，成为国宝级的大画家。杜甫在成都草堂时就请他给自家墙壁上画了两匹马，还要他画了双松图珍藏。杜甫为此还写了两首诗——《题壁上韦偃画马歌》和《戏韦偃为双松图歌》。

韦銮的儿子韦应物年轻时不如韦偃成器，不学书画，也不爱学习，贵族子弟的不良习气基本上都有，十五岁靠门荫当上玄宗的侍卫。后来他写诗描述年轻时的荒唐说：“少事武皇帝，无赖恃恩私。身作里中横，家藏亡命儿。朝持樗蒲局，暮窃东邻姬。司隶不敢捕，立在白玉墀。骊山风雪夜，长杨羽猎时。一字都不识，饮酒肆顽痴。……”（《逢杨开府》）如此横行乡里，确实不像是累世多贤的韦家逍遥公房子弟。安史之乱改变了他。玄宗奔蜀后，失业的他反省自身，并折节读书，开始学诗，性格也一变，变得稳重、仁慈起来。官运无常，他便待在家乡韦曲，最后十年在滁州、江州、苏州任职，颇有政绩，也写了许多清丽的诗歌。他轻易就超越了当时活跃于两京的大历十才子，在山水田园诗上与王维、孟浩然、柳宗元并称。“身多疾病思田里，邑有流亡愧俸钱”（《寄李儋元锡》）是他的诗句，可知与少年时已判若两人。2007 年，他在韦曲原上的墓被发掘，出土了珍贵的墓志，韦家的家族墓地也因此被找到。想死时家贫，得人资助才回葬韦曲的韦应物。断想不到后世还有人惦记他的墓。他更不会想到，2016 年在微博上，他的一句诗“我有一瓢酒，可以慰风尘”（《简卢陟》）掀起了一场全民续诗的热潮。

安史之乱后，东边藩镇割据，西边河湟之地被吐蕃侵占，此时，韦家又出了一位战神级的将军——韦皋。韦皋任西川节度使二十余年，招抚羌蛮，争取南诏，出击吐蕃，未尝败绩。他降服吐蕃九位节度使，多次牵制吐蕃对大唐的攻击，因功被封为南康王。他宽仁惠政，蜀人感激他的恩德，画其像，当作土地神家家奉祀。韦皋死后，西川副使刘阙作乱，那时唐宪宗刚上台，众大臣都认为蜀地艰险，不敢轻易讨伐，韦丹第一个站出来主张削藩，分析利弊，坚定了唐宪宗的决心，之后屡平藩镇，造就了元和中兴。韦丹治理江西时兴利除害，被称为元和时期“治民”第一，死后四十年，其事迹仍然被老百姓写成歌谣怀念。唐宣宗让杜牧为韦丹立碑撰文以表彰其功绩，并提拔其子韦宙。韦宙与其父一样多有建树，对永州贡献良多，深受百姓爱戴，后被皇帝拜为使相，就是“在外的宰相”。

这时的韦家虽不复初唐之煊赫，却也继续着辉煌。岑参在《韦员外家花树歌》中写道：“……君家兄弟不可当，列卿御史尚书郎。朝回花底恒会客，花扑玉缸春酒香。”杜甫的《赠韦七赞善》云：“乡里衣冠不乏贤，杜陵韦曲未央前。尔家最近魁三象，时论同归尺五天。……”说明城南韦杜两家依旧鼎盛。

中唐外交家韦伦受唐德宗礼遇，七十岁致仕（退休），此后还享受每月初一、十五上朝参政的待遇。史载，韦伦在家族乡里以慈爱著称，很受爱戴，每到初一、十五，在朝的侄甥将近百人都等候在宫内下马桥旁迎送他。由此亦可见同朝为官的韦氏族人之多。

元稹在未有功名之时就娶了京兆尹韦夏卿之女韦丛，他写诗道：“……朝蕣玉佩迎，高松女萝附。韦门正全盛，出入多欢裕。甲第涨清池，鸣驺引朱辂。广榭舞萎蕤，长筵宾杂厝。……”（《梦游春七十韵》）很多人因此认为元稹依附权贵，并不是真心喜欢韦丛。其实，贵族千金韦丛善良贤惠，与元稹感情非常深厚，只可惜死得早。元稹为她写了多首情真意切的悼亡诗，最有名的一句就是“曾经沧海难为水，除却巫山不是云”。

当上宰相的中唐诗人权德舆，被城南韦曲优美的风光和深厚的底蕴所吸引，也慕名卜居到韦曲，并作诗抒怀：

> 韦曲冠盖里，鲜原郁青葱。公台睦中外，墅舍邻西东。驺驭出国门，晨曦正曈昽。燕居平外土，野服参华虫。疆畎分古渠，烟霞连灌蘽。长幼序以齿，欢言无不同。忆昔全盛时，郿郇播休功。代业播宇内，光尘蔼墟中。慨息多永叹，歌诗厚时风。小生忝瓜葛，慕义斯无穷。（《奉和韦曲庄言怀贻东曲外族诸弟》）

之后中唐宰相韦贯之和韦处厚，忠诚正直，敢言直谏。彼时宦官弄权，朋党相争，这二人得以善终，算是幸运。

到了晚唐，唐昭宗的宰相韦昭度就没有那么好的运气了。他受命于危难之中，彼时“妖气欲昏唐社稷，夕阳空照汉山川”（韦庄《中渡晚眺》），“关中群盗已心离，关外犹闻羽檄飞”（韦庄《睹军回戈》）。黄巢起义几乎摧垮了大唐朝廷，关内的三镇节度使想要控制中央，联兵进犯京师，杀掉了敢于抵制他们的韦昭度。大唐的光辉即将落幕，中古之世行将消亡，皇家且威严扫地，成为傀儡，韦昭度纵被视为“宗庙重器，社稷令臣”，又如何能力挽狂澜？

晚唐罗邺有《春日偶题城南韦曲》：

韦曲城南锦绣堆，千金不惜买花栽。谁知豪贵多羁束，落尽春红不见来。

意思是韦曲的春天一如既往的花团锦簇，豪贵们却都不来看花了。山雨欲来风满楼的景象？

随着社会的发展，科举制的深入，加上战乱的冲击，晚唐士族的地位已经被后起的庶族士大夫取代。从此中国无门阀，也没有了贵族。无可奈何花落去，京兆杜陵韦氏也不能得免。余秋雨说：“一个风云数百年的朝代，总是以一群强者英武的雄姿开头，而打下最后一个句点的，却常常是一些文质彬彬的凄怨灵魂”。这些凄怨灵魂中，就有韦家人韦庄。

韦庄是韦应物的玄孙，在韦曲度过少年时期。“满耳莺声满眼花，布衣藜杖是生涯。时人若要知名姓，韦曲西头第一家。”（《韦曲》）年少即有才名，可惜科场蹭蹬，先后在数个藩镇任职，浪迹于江南，直到快六十岁方考取进士，进入官场。唐朝灭亡后，做过前蜀的宰相，最终终老蜀地。黄巢攻进长安时，他正在城中参加科举考试，目睹了战争的残酷，后来逃到洛阳。一路所见所闻，让他写下了长篇叙事诗《秦妇吟》，其中有“含元殿上狐兔行，花萼楼前荆棘满。昔时繁盛皆埋没，举目凄凉无故物。内库烧为锦绣灰，天街踏尽公卿骨”之句，让人唏嘘不已。

之后烽烟四起，“处处兵戈路不通”（《壶关道中作》），连他家族避居的江南也不例外，一片衰世景象。面对大唐和家族的衰亡，他无能为力，凄怨悲愤之中，写下了很多如杜甫一样的诗作，堪称晚唐的“诗史”。

长安大乱，韦曲不能幸免，韦氏家族辗转避祸，韦庄的诗句讲述了奔波之苦：“家寄杜陵归不得，一回回首一潸然。”（《中渡晚眺》）“百口寄安沧海上，一身逃难绿林中。”（《自孟津舟西上雨中作》）“楚地不知秦地乱，南人空怪北人多。”（《湘中作》）他中间回过长安几次，也到了韦曲：

满目墙匡春草深，伤时伤事更伤心。车轮马迹今何在，十二玉楼无处寻。（《长安旧里》）

……万里有家留百越，十年无路到三秦。摧残不是当时貌，流落空余旧日贫。……（《投寄旧知》）

韦应物诗作尚有盛唐余韵，韦庄诗作只存晚唐夕阳余晖，伤感凄怨。他目睹了大唐消亡，看着家族衰落，四散各地。作为韦家最后一个文质彬彬的贵族，他永远也回不到记忆中的韦曲了，能不伤感凄怨吗？

四

唐代之后的关中战乱频仍，长安城破坏严重，留守韩建只好缩城而建，只保留皇城部分，也就是今天我们所见的明城墙的雏形。从此再没有哪个王朝想到在长安建都了，长安成了名副其实的废都。北宋惠崇《游长安》诗中云：“人游曲江少，草入未央深。”长安一片凋敝，韦曲自然也不复风光。

韦家人去哪里了呢？关于迁徙，他们是否有过争论或分歧？他们是举族离去，还是相继远走？可曾难以割舍这居住了近千年的故乡？如果是春天离去，那里是否依然“韦曲花无赖，家家恼杀人”（杜甫《奉陪郑驸马韦曲二首》其一）？他们是否在潏河、皂河边举行过最后一次上巳祓禊？如果那时是夏天，皇子陂的十顷荷花是否依然“莲香恼人”（典出唐彦谦《黄子陂荷花》）？如果是秋天，韦曲是否依然“红叶黄花秋景宽”（司空图《重阳日访元秀上人》），“柿繁和叶红”（郑谷《游贵侯城南林墅》）？我猜想，他们一定是冬天走的吧，因为只有天寒地冻的冬天才能让人少些牵挂，向温暖的南方出发。韦家人贬官者多贬至南方，逃难也以南方为目的地，因山峦阻隔之故，因后代繁衍之故，后人主要分布在两广、江浙一带。

他们的离去，可想而知，是无奈的。他们该是脚步踉跄，内心悲凉，一步三回首。千年后的我，真想对着他们离去的背影，道一声感谢，感谢这个家族对韦曲的营建与守护，使韦曲在千余年的时间里成为文化繁盛、风景优美之地。

宋代的韦曲已不复繁华，但还有一点昔日的影子。北宋张礼《游城南记》写道：“至韦曲，扣尧夫门，上逍遥公读书台，寻所谓何将军山林而不可见。因思唐人之居城南者，往往旧迹湮没，无所考求，岂胜遗恨哉？”他看到的韦曲，诸姓杂居，韦姓人非常之少，当地朋友邀他去韦氏会景堂，会景堂跟韦曲庄当然不能比，但依然种满了奇花异卉。主人韦宗礼一家还在坚守，彬彬有礼地招待了他们。可惜韦宗礼只知道自己是唐宰相后裔，因族谱已佚，不知是哪一房之后了。韦宗礼博学好古，且勤于葺治园亭，使得小小的会景堂保留了一些杜甫诗中“韦曲花”的意境。

韦曲和韦杜出现在宋代诗词里，如同唐诗中的“旧时王谢”和“乌衣巷”，表达盛衰之理、兴亡之感：“游子暮何归？韦杜城南村。”（北宋陈师道《城南寓居二首》其一）“潏水桥边纵客车，去天尺五访寻初。按图韦杜风烟在，遗址隋唐锦绣余。”（北宋李复《和刘丈招与康集同游韦杜》）“当年燕子知何处，但苔深韦曲，草暗斜川。”（南宋张炎《高阳台·西湖春感》）

至于元明清，余秋雨笔下的“郁闷六百年”，关中及西安且欲振乏力，韦曲更无足观，连一个韦氏后裔都没有了。1949 年之前，韦曲只是一条街道，有数家商铺而已，建筑破败不堪，门前污水横流。

1949 年后，韦曲成了长安县县政府驻地，开始有了发展，到 20 世纪 90 年代中期，我看到的韦曲，已经有了些规模，但还是只有两条主干道和三四条街道而已其余都是麦田。与西安的南门相距十公里。2002 年长安撤县设区之后，韦曲开始快速发展，而今高楼大厦林立，大学、广场、绿地四处可见，且四面通衢，人口不下三十万，自唐代以后，再次成为古都的副中心，而且还保留着“长安”这个古老而美好的名字。虽然融入了大都市，韦曲还保留着自己的诸多特色，最明显的就是我前面说的慢节奏的生活和悠闲的心态。

我在韦曲的家刚好正对着唐长安城的南大门——明德门，没有了城墙和城门，地名依然在，唐时的中央大道朱雀大街也在，并且一直延伸到我的脚下。我仿佛看见，天还没亮，韦曲前往长安城的路上就亮起了一盏盏的马灯，如韦偃画里一样健壮的马，驮着韦家官员，列队行进在上朝的路上，他们要治理的是当时世界上最繁荣昌盛的国家，他们的背影透着一股自信与从容。

悲摧的大唐宰相

宰相一人之下万人之上，是儒士心中最高的理想。可是大多数人只看到了宰相的光鲜与荣耀，却看不到他们的斑斑血泪。

与皇帝议事时，宰相本来是坐着的。五代十国大乱后，宋太祖为了提升皇权，找个理由悄悄撤掉了宰相们的座椅，之后宰相们就一直站着议事了。皇权登峰造极的明清，干脆不设宰相了，明朝的内阁大学士、清朝的军机大臣虽说相当于宰相，大权还是集中在皇帝手里。

按理说宋以后，特别是明清“宰相”地位下降了，但事实上并非完全如此。我们最引以为傲的大唐，宰相们至少都是半个诗人，应该最光鲜、最潇洒了，可是翻开史书，大唐宰相们的命运却正如一部书名——《流血的仕途》，斑斑血泪，用“悲摧”二字都算是轻的了。他们有的是为国为民殒命，有的是在权力倾轧中翻了船，有的是无辜枉死，做了皇权的替罪羊，更多的仅仅是因为站错了队而招致满门抄斩。

说起来，唐代之所以开放包容，与宰相制度不无关系。《新唐书·百官志》载：“中书令、侍中、尚书令共议国政，此宰相职也”。除三省长官外，加同中书门下平章事的官员也即宰相，可以进入政事堂议政。根据分工协作、层层审议的规则，君王与权臣都不能独断乾纲，可以说相权还是比较大的。即便如此，在皇权面前，宰相们不得不如履薄冰，因为再开明的专制也还是专制。

先说初唐。唐高祖李渊的宰相、开国功臣刘文静仅仅因为酒后狂言，被小妾告发谋反，唐高祖就杀了刘文静，抄了他的家。

李世民开了宫廷政变的先河，之后宫廷政变不断发生，八十年间，大的就有四五次。每次政变宰相们都很难置身事外，站错了队，就有抄家灭门的危险。

魏王李泰与太子李承乾争储，李承乾与宰相侯君集密谋先下手为强，事泄被李世民处死。侯君集是当年玄武门之变的功臣，凌烟阁二十四功臣之一，曾大破吐谷浑，攻灭高昌国，竟因此被杀。太宗朝另两位宰相刘洎（支持魏王李泰）、褚遂良（支持晋王李治）一向不和，褚遂良借机诬陷刘洎，李世民遂赐死了刘洎。

高宗李治朝的宰相也如此。高宗欲废掉皇后另立武氏，在首席宰相长孙无忌的带领下，褚遂良、柳奭诸宰相都抵制武氏。不久，武氏让人诬陷他们谋反，高宗也不对质，就将长孙无忌流放黔州，三朝宰辅、凌烟阁排名第一的大功臣，拥立外甥李治出力最多之人，不久就被逼自缢而死。褚遂良被流放到偏远地州后忧郁而死，至于柳奭，直接被处死，家产被抄没。

立武氏为后以后，李治感到了被架空的危险，让宰相上官仪起草废后诏书。这还得了，武氏使出屡试不爽的诬陷谋反大法，上官仪被下狱并处死。

武后朝的宰相，不用想，命运都很悲惨，武后为了当皇帝，连亲生子女都杀了好几个，上行下效，她手下的酷吏也是出了名的狠角色。

宰相裴炎反对立武氏七庙，屡次请武后还政于李唐宗室，自然要被杀死。宰相岑长倩倒是支持武后称帝，但反对立武承嗣为皇太子，得罪了武氏族人，不久就被酷吏来俊臣诬陷谋反，与五个儿子一同被处死了。

武则天死前，宰相张柬之连同桓彦范、敬晖、袁恕己、崔玄暐等四人发动神龙政变，拥立唐中宗复辟，后四人也先后为宰相，但不久就被韦后与武三思诬陷，流放岭南，张、崔二人病死，桓、敬、袁三人则在贬所被杀害。

政变还在继续，当过宰相的武三思被中宗太子李重俊发动政变杀死。站在武氏、韦后这边的宰相宗楚客诛杀了李重俊，好日子没过多久，宗楚客就在李隆基与太平公主发起的唐隆政变中被杀，同时被杀的还有宰相武攸宁。等到李隆基与太平公主水火不容，发动先天政变，宰相窦怀贞和岑羲等人与太平公主一同被诛。

开元盛世，宰相们的日子好过了些。多年以后，老年昏聩的李隆基宠信宰相杨国忠与藩将安禄山，这二人争权夺利，安禄山被逼提前叛乱（他本想等李隆基去世后再反），杨国忠在马嵬之变中被哗变士兵杀死，另一位宰相韦见素也被打伤，命悬一线之际被陈玄礼搭救。

安史之乱后大唐严重衰落，肃宗、代宗、德宗三朝，内忧外患不断，宰相们争斗不止。权相元载被杀后，搞经济出身的宰相刘晏，采取一系列有效措施，使国家财政逐步好转，不久被后来的宰相、与他同为理财专家的杨炎构陷，被赐自尽。杨炎开创了两税法，专业上也有一套，但其为人睚眦必报，树敌过多，最终被奸相卢杞以同样的手法诬告，被赐死。而卢杞自己在泾原之变中的拙劣表现也招致了杀身之祸。

德宗后，顺宗因为中风只当了多半年皇帝，他发起了轰轰烈烈的永贞革新，力图中兴大唐，却力不从心，旋起旋灭。宪宗李纯即位后，将永贞党人贬官到偏远地州，是为“二王八司马”事件，其中，官职最高的是宰相韦执谊，贬得最远，凄凉死于贬所。

宪宗基本上信任宰相，君臣同心合力，取得了削藩的伟大胜利，实现了“元和中兴”。但在削藩的最艰难时候，主战派宰相武元衡在上朝时被藩镇派人刺杀，首级被带走，一时间朝野震怖，人心惶惶。武元衡恐怕是唐朝宰相中命运最为悲惨的了。

晚唐国事日颓，宰相们回天无力，承受了更多的屈辱。

唐文宗即位后，一反穆宗与敬宗的荒淫无道，勤勉政事，力图振作。宰相宋申锡按照文宗密旨谋划除掉晚唐的政治毒瘤——宦官，却走漏风声，反被宦官诬陷，遭贬而死。过了些年，文宗又提拔李训为宰相，李训等人发动甘露之变诛杀宦官，却为掌握禁军的宦官反扑，朝廷一时血流成河。四位宰相李训、王涯、贾悚、舒元舆首当其冲，被腰斩灭族，其中王涯与贾悚二人根本就不知情，真是冤到了极点。

之后，宦官更加肆无忌惮，宰相们像是傀儡，行文书而已。宰相中唯李石还有些勇气，敢于抵制宦官。于是，李石在凌晨上朝的路上两次遇刺，第一次被冷箭射伤，第二次被砍中马尾，虽幸免于难，却再也不敢待在长安，请求外放。

元和之后，就进入了近四十年的朋党之争，即著名的牛李党争，或曰二李党争，斗得你死我活。唐文宗无奈地说：“去河北贼易，去朝中朋党难。”（《资治通鉴·唐纪》）这些呼风唤雨的党魁们命运又如何呢？武宗朝名相李德裕挟平定泽潞藩镇的功绩，将牛党领袖、多次为相的李宗闵贬为郴州司马，李宗闵最后病死郴州。李德裕自己后来也被宣宗贬为崖州（海南海口）司户参军，不久病死。长达四十年的党争这才告结束。

唐僖宗时爆发了黄巢之乱，一度连长安都被攻破了，宰相自然要承担后果。黄巢军攻破潼关时，卢携被罢相，当晚他就服毒自尽。唐僖宗仓皇出逃，文武百官都不知情，京城一片混乱。黄巢军入长安后，宰相崔沆、豆卢瑑、刘邺、于琮四人藏匿于假意投降黄巢的金吾卫大将军张直方宅中，被抓后不愿从贼，甘愿就戮，连同家属、部下百余人被杀。僖宗从西川返回长安后，贬宰相王铎为义昌节度使，王铎赴任途中，被贪财的魏博节度使之子乐从训劫掠杀害，随从三百余人一起遇难。

黄巢之乱后，割据藩镇越来越多，朝廷连关内的藩镇都控制不了，如同回到了东周战国。唐昭宗发兵讨伐大不敬的凤翔节度使李茂贞失败，李茂贞步步紧逼，昭宗只好诿过于宰相，赐死了宰相杜让能，杜简直比晁错还要冤枉。这还没完，凤翔李茂贞、邠州王行瑜、华州韩建三位关内的节度使一同发兵进犯京师，杀掉宰相韦昭度和李磎后整兵而返。

昭宗时的权相崔胤是大唐最后一个强势的宰相，他与朱温联盟，终于诛尽了宦官，一扫朝臣多年之耻。但他想要重新组建禁军的计划让朱温很不满，朱温残忍地将其杀害，死后长安百姓大骂："国贼崔胤导全忠卖社稷！"（《新唐书・崔胤传》）

到了唐哀宗，宰相们也成了唐哀相。朱温将哀宗挟往洛阳，路过滑州白马驿时，宰相柳璨参与怂恿朱温，杀掉了包括裴枢、独孤损、崔远三位宰相在内的三十余人，是为白马驿之祸。柳璨此举够狠，一举除掉了政治对手，但他却并不希望朱温篡唐。不久，朱温想领受九锡（称帝的前奏），柳璨加以劝阻，朱温认为他背叛自己，于是派人杀了他。柳璨临刑时大呼："负国贼柳璨，死其宜矣！"（《旧唐书・柳璨传》）这是大唐宰相最后的悲呼，此后，唐朝就不复存在了。

唐代众多宰相，虽不乏庸相和奸相，但却没出现过卖国的，可以说，他们守住了文明与野蛮的底线，用斑斑血泪为伟大的唐王朝做了最后的殉葬。

北宋的抱龙峪

一

在秦岭北麓的上百条峪道中，抱龙峪知名度不高，尽管名字听起来很有气魄。周边的子午峪和沣峪作为古今子午道的出入口，无论是传说、历史还是人气，都远远胜过它。抱龙峪说起来不过是子午古道北口一条人迹罕至的支道罢了。正因过往人少，抱龙峪十分清幽，更少人为破坏，更多原生态之美。我曾于深秋到访，漫山遍野绿里透红，煞是好看。

过去中国的地名总喜欢和皇帝攀扯，但凡帝王经过或到访之地，地名里就要纪念一下。终南山离长安城这么近，近旁又是传说中唐高祖李渊曾休养生息的天子峪，那么太宗李世民（一说高宗李治）出生后从抱龙峪被抱出似乎顺理成章。但其实这是谐音杜撰，杜撰的基础是不远处曾有太宗的夏宫——翠微宫。

抱龙峪原名豹林谷，直到清康熙修的《长安县志》中也还是叫豹林谷。豹林谷，我觉得比抱龙峪好听多了，说明这里的生态好，曾经有豹子出没在浓密的山林中。

唐代的终南峪道颇为热闹，京畿之地，山里佛寺道观不少，蜀道上行旅往来频繁，诗人和官家也喜欢在山口建别业，隐士呢，则要隐居得更深一些。隐士也是“士”，“士不可以不弘毅”（《论语·泰伯》），一些隐士也想着利用朝廷征召隐逸贤人的机会逆袭一把。

初唐的卢藏用便是其中的代表，他考中了进士，却未被选用，于是和兄长隐居于终南山，有贞俭美名，后来果然被朝廷征召为官，这就是“终南捷径”典故的由来。说起来，卢藏用人品不算差，为官亦可。他与陈子昂、赵贞固友善，二人早卒，他们的子女都由卢藏用抚养，所以卢藏用也很有义气。奈何当时是武则天之后的多头政治，权力争斗激烈，他因为站位太平公主一派而落得个谄媚权贵、奢侈靡乱的名声。

卢藏用是否在豹林谷中隐居不得而知，史书倒是记载令狐峘和杨绾为避安史之乱曾居于豹林谷，不过他们很快便出山了。李白和杜甫诗中都写过的道士元丹丘，也曾隐居于豹林谷东蒙峰（亦称东明峰），后来却受不了寂寞，移居到旁边的子午谷去了。

豹林谷在唐代始终有点寂寞，不承想在关中不再为首善之区的北宋，却迎来了最辉煌也最热闹的一段时期。小小的峪道，走进又走出的人物，他们的故事，居然贯穿了几乎整个北宋史。豹林谷，抱龙峪，因此深深打上了北宋印记。

二

北宋初年，最先进入豹林谷隐居的就是说到“终南捷径”必提的另一个人——种放，他的故事要比卢藏用复杂得多。

种放隐居不是为了被征召，而确是为了求知和修行，是为了向圣人看齐。这点就与“随驾隐士”卢藏用不同，卢随着皇帝在东西两京的行在而就近隐居，目的明确，时间不长就成功了。而“沉默好学，七岁能属文”的种放，年少时便对父兄教他的知识不满足，对科举也不感兴趣，曾跑到华山拜陈抟为师习《易》。“未几父卒，数兄皆干进，独放与母俱隐终南豹林谷之东明峰，结草为庐，仅庇风雨。以讲习为业，从学者众，得束脩以养母，母亦乐道，薄滋味。”（以上《宋史·种放传》）

他为什么选择了豹林谷？且看他《东蒙新居》一诗中的句子：“登遍终南峰，东蒙最孤秀。”他看中的是豹林谷东蒙峰的孤秀。他是越隐越远离北宋的政治文化中心了，而且一隐就是三十年。其间，宋太宗、宋真宗三次征召他，他都拒绝了。他很满足隐逸生活，自号云溪醉侯，尽情享受着学问和自然的熏陶，正如他自述的：“退居空山穷谷中，取九经、六籍、诸史、百家之言合于道者恣读之”（《退士传》）。

种放是把道家融入儒家的关键人物，他对《易》、《春秋》、《孟子》都有超乎前人的研究成果。高怿、张荛、许勃号“南山三友”，都在豹林谷筑室，求学于种放。从师承看，宋儒周敦颐、邵雍、二程等人都算是种放的再传弟子。但既然他从道至儒，又对《孟子》特别有研究，怎能不受孟子那种帝王师抱负的影响呢？他在《答刘格书》中写道：“渭北山峰，森然耸列；故都宫阙，荒然丘墟。思汉唐基业之盛，君臣行事之迹，未尝不感光阴而叹沦废之速也。亦由杜预惜梁谷之易变，盖有志之士顾寸阴而思立功效能也。况仆岂无意于行道而致君泽民也哉？”可见他也有将满腔才华施展开来的抱负。

于是，在母亲去世四年后，年近五十岁的他终于在朝廷再三征召之下，走出了豹林谷，走进了汴京的盛大宫阙，他要像孟子那样一展自己生平所学，立功效能、致君泽民了。种放用儒家理念对奏宋真宗的治国征询，并陆续向真宗上《时议》十三篇，有《议道》、《议德》、《议刑》、《议制度》、《议教化》等篇，甚至还有《议军政》，可以说将他对社会政治的看法表述得淋漓尽致，令真宗赞叹不已。他是思想者，不是执行者，何况他也不适应京城官场的气氛，尽管皇帝优宠他、尊重他，他还是不断请求回到终南山，大抵在豹林谷的时候多过在朝廷。皇帝甚至让画师到终南山中，将种放隐居的豹林谷风光画了给他看。

种放六十岁时逝于豹林谷。他晚年朝廷赏赐极其丰厚，与他未发迹时贫穷无以葬母的境况相比，简直霄壤之别。古人有了钱大抵以求田问舍为第一步，于是传出种放在长安广置房屋良田，获利颇丰，甚至强买引致诉讼的流言，为时人讥讽。《孟子》说："富贵不能淫，贫贱不能移，威武不能屈"。可惜，谙熟《孟子》的种放做到了后两点，前一点做得不够好。但要说他的人生属于"终南捷径"的典型，却也不太符合事实。

与种放同时的大诗人王禹偁为官正直敢言，被贬官商州时，写下一千二百多字的《酬种放征君一百韵》抒发对种放的崇敬，题注云："此篇命为首，重高士也。"另一位同时代的状元诗人孙仅也有一首《赠种征君放》：

> 雄文英概比君难，二十高名满世间。飞诏几回来北阙，草玄终不出南山。诗篇落处风雷动，笔力停时造化闲。仙术每将丹诀解，史才曾把逸书删。家僮只有猿随从，坐客唯闻鹤往还。两制词臣求识面，九重天子望祇颜。处士星孤轻世俗，大夫松好贱官班。棋残夜石秦云断，琴彻秋岩蜀月弯。朝议蒲轮看再降，肯教从此老柴关。

三

种放一生未婚，当然也就无子，所以我对他广置良田以获利的行为不解——何必要自毁晚节呢？他的哥哥和侄子后来也跟他居住在豹林谷中，并没有去长安购置的房屋居住。

种放的侄子中得种放之荫，走出豹林谷为官的不少，最有名的当数种世衡，不过他成名不是像叔叔那样靠儒学，而是靠杰出的军事成就。种世衡修筑青涧城，镇守西北边境，屡出奇计大破西夏军，又曾以智信收服西北诸羌番部落为其所用。他死后，青涧当地民众都供奉他的画像。

从种世衡开始，种家成了将门，将军一位接一位，但家学还在，他们也都是读书的种子，堪称儒将。种世衡有八子，其中种古、种诊、种谔各统领种家军之一部，世称“三种”（《宋史·种世衡传》）。以军功而言，种谔、种谊最著名，种谔被尊称为“老种经略相公”，多次大败西夏军，种谊更是纵横陕北防线，时人称“得谊，胜精兵二十万”（《宋史·种谊传》）。

第三代种家将军有种朴、种师道、种师中、种师闵等人，最知名的是被称为“小种经略相公”的种师道。种师道少时曾跟随关学大儒张载求学，他的同学中还有另一位长安人——李复，比他只小了一岁，而且也曾居于豹林谷东明峰，在其文集中，李复常自称“东蒙李某”。这个李复值得多说几句。张载去世后，主要弟子都师从洛学二程，只有李复等二三人坚守师承。他也是关学人物中文学成就最高的一位，著有《潏水集》四十卷。他能学以致用，不尚空谈，四库馆臣说他“在宋儒之中，可谓有体有用者矣”。他虽没有种师道的将才，担任文馆但也颇具军事才能，曾参与兵事，成功指挥过青唐、邈川之战。

种师道文武全才，用兵老成，攻西夏、抗辽都很有战绩，曾为保静军节度使，是主战派的顶梁柱。

可惜种师道和李复先后被奸臣陷害，或退或罢，又回到了豹林谷。北方的战事丝毫没有停止的迹象，宋廷没采纳种师道联辽抗金的主张，而是联金灭辽，被金看破实力，金灭辽后便大举攻宋，当此危局，朝廷又想到了种师道，派人到豹林谷来请他出山了。

有人曾谈及天才的三境界：入世随俗，避世隐居，救世献身。前两两个境界种师道都达到了，只剩下救世献身了。他立即出山，自行组织军队，东进勤王。谁也没料到前线崩溃得如此之快，金军已直扑汴京，兵临城下。宋钦宗临危受命，改元靖康。种师道率军到达汴京后，钦宗任命种师道为宋军总统领，很快逼退了金兵。后来朝廷内部争斗，不能用种师道方略，导致金人卷土重来，种师道之弟种师闵、种师中以及担任将领的二子、三孙都战死沙场。种师道再次赶往汴京，劝钦宗迁往长安，钦宗不听。年已七十六岁的种师道染病而终，半年后就是靖康之耻，北宋灭亡了！钦宗后悔地哭道："不用种师道言，以至于此！"（《宋史·种师道传》）

种师道死后，侄子种洌扶柩西归，准备葬之于长安神禾原祖茔，路上遇到强盗，强盗得知是种师道的灵柩，下拜致奠，赠金钱以致意。

北宋初年种放踏进豹林谷的那一刻，可曾想到自己以及家族会长久地居住在这座山谷中，可曾想到家族与北宋的国运会发生如此紧密的联系？一个堪比杨家军和岳家将的种氏家族，以无比的付出和牺牲，向国家贡献了一切。

在种师道死后，两宋之交，无人可用之际，朝廷终于想起了另一位懂用兵的文人，那就是李复，于是宋高宗下诏，强征他为经略使去守秦州（今天水）。年已七十八岁且患病的李复没有推辞，义无反顾地走出了豹林谷。那时的秦州差不多是空城，百姓所剩不多，兵力更是少得可怜，毫不意外，李复在金兵破城时战死，一说他为了保住百姓而献城，金兵入城将他杀害。

李复的结局比种师道要凄惨，不过他四十卷的文集今存十六卷，他的七个子女及孙辈也都活到了南宋，又比种师道好得多。

四

好友王向辉是长安香积寺村人，他送了我一本《香积寺村志》，书中好些村中的人，竟然都姓种。我问他是否真如此，他说村里有两三个小组的人都姓种。朋友是历史学博士，对乡土典故所知颇多，竟也表示对村中种姓的来历并不知晓。

怀着好奇心，我查阅了资料，果然如我所料，香积寺村就位于终南山抱龙峪口正北七八公里处，神禾原也正好从香积寺村地界趋于平缓。香积寺村周边的神禾原上，应该就有长安种氏家族的祖茔，就是种放、种世衡、种谔、种谊、种师道、种师中等人曾经生息之地。他们的后人，一部分南下为南宋子民，一部分为了守墓，一直留守在终南山北麓、神禾原下的村子里，世代繁衍，即便世间已很少有人知道种家军的事迹，他们还知道，至少还有他们传承着种氏家族的血脉……

在地图上望着终南山几十条青翠的峪道，遥想当年，它们或是作为南北通道，商旅络绎，或是作为战场，马蹄杂沓，它们名留文集或史册。却有那么一条不出名的峪道，涵养了君子的浩然之气，化育了英雄的报国之血"深藏功与名"，"终南最孤秀"。寂静的深谷内，日月升沉，时光流逝，一部线装的北宋史悄然飘落，被雨打风吹而去……

历史上的“醋力”事件

网络又造出了一个新词——醋力，即吃醋这种心理的惊人破坏力。我见识过也体验过“酒力”，“醋力”则甚少体验。就我而言，恋爱时滴醋不吃是不可能的，但没发生过破坏；又因并非高富帅，让别人为我吃醋简直就是奢望。我和妻子素爱食醋，“情醋”味道如何，已多年未尝过了。

“酒力”除了可能导致使人失言、莽撞之外，也可能造就酒神精神和“诗百篇”，醋力为什么一定就是负能量、破坏力呢？比如为了让自己更配得上对方，可以化醋力为动力，努力完善自己呀。细想来，自己当年下决心深造，也有醋力起了作用。正能量，醋力应该也不会少，可惜人偏爱记住它负能量的一面。

翻开史书，关于醋力的记载真不少，某些人的醋力甚至还改变了历史呢。

先说说“吃醋”典故的由来。话说唐太宗为了笼络人心，要为宰相房玄龄纳几名美妾，房玄龄正妻坚决不同意。太宗怒了，派人告诉她，要么喝毒酒，要么同意相公纳妾，二者选一。不承想刚烈的房夫人端起毒酒一饮而尽，却发现所谓毒酒原来是浓醋。太宗意在考验而已。如此一来，纳妾之事也就不了了之。从此，“吃醋”便有了因情生妒的意思。

吃醋最集中的地方非皇宫莫属，三千佳丽争宠，而皇帝只有一个，醋力值绝对爆棚，如今盛行的宫斗戏从中获得了取之不尽的灵感。

汉高祖刘邦被匈奴围困于白登山七天七夜，饥寒交迫，陈平献计，去贿赂冒顿单于宠爱的阏氏（妻子），阏氏未置可否。陈平于是让人散布谣言，说汉朝皇帝想把美丽的公主嫁给单于，阏氏担心失宠，就劝丈夫解围一角，刘邦遂得逃脱。陈平真是运用醋力的高手，想刘邦如果覆灭于白登之围，那今天有没有“汉族”一词还真不好说。

刘邦也是醋力的受害者。他后来宠爱年轻貌美的戚夫人，数次欲改立其子如意为太子，吕后醋意大发，只待时机到除掉如意。刘邦死后，吕后杀了刘如意，并令人残忍地将戚夫人斩手剁脚、熏聋毒哑、挖掉双目，制成“人彘”（人猪）。吕后为政尚黄老，行宽松之策，却独独不肯放过戚夫人，醋力之恐怖可见一斑。

南朝宋时也有一位王爷曾被赤身裸体养在猪圈中，称为“猪王”，还差点被当猪一样杀掉，他叫刘彧，之后阴差阳错当上了皇帝，就是宋明帝。他因备受羞辱而变得残暴好杀，且极度好色，但最恨女人吃醋，还让人写了一本书叫《妒记》，专门批判醋坛子，扼杀醋力。尚书右丞荣彦远之妻醋力值很高，常常给丈夫脸上留下道道抓痕，宋明帝看到后很不高兴，派人将她毒死了。

隋文帝统一了南北朝，却统一不了他的后宫。《隋书·独孤皇后传》记载，独孤皇后“性尤妒忌，后宫莫敢进御”。隋文帝偷偷宠幸了后宫的一位美女，被独孤皇后知晓，趁他上朝时，命人将这位宫女杀了。杨坚竟也不敢问罪，只能仰天长叹。

武则天的醋力奇大，杀伐之气更胜过吕后。在她统治期间，面首争宠，涌现了醋力男。武则天的第一个面首薛怀义（即冯小宝），受命在洛阳督建明堂和天堂，明堂高九十一米，天堂高五级以上，修到第三级就高过明堂了，天堂里面的夹纻大佛，“其小指中犹容数十人”，不知其有多高。每天驱役数万人，数年乃成，雄伟华美令人瞠目，薛怀义因此被封为左威卫大将军、梁国公。

这通天建筑落成七年后，薛怀义听说武则天有了新宠沈南璆，醋力不可遏制地爆发了。一天夜里他在天堂放火，火势蔓延到明堂，“火照城中如昼”，几大超级建筑包括大佛全被烧成了灰烬。“太后耻而讳之……命更造明堂、天堂，仍以怀义充使。”（以上《资治通鉴·唐纪》）

因醋之过，有位皇帝的脸被打过。他就是“恭俭仁恕”的宋仁宗。他在位后期宠爱美人尚氏和杨氏，尚、杨二人恃宠，“数与后忿争”（《宋史·郭皇后传》）。有一次，郭皇后听到尚氏在仁宗面前说她坏话，一时醋力上头，要掴尚氏的脸，仁宗去护，结果郭皇后不小心打在了仁宗脸上，留下了深深的掌印，可想而知，这一巴掌有多重。仁宗一怒之下废了她的后位，将她打入冷宫。不过，仁宗后来又思念郭皇后，并在她死后又追赐她为皇后。

醋力如此可怕，可有什么解决之道能将戾气、杀气、怨气化解呢？几位大文人以身作则，为我们指出了一条改造醋力、化解醋力的康庄大道。

西汉司马相如与卓文君的爱情传奇无人不知，一曲《凤求凰》让两人一见钟情，不顾卓父反对，文君当垆，相如涤器，宁愿清贫一生也要相守。但美人总要迟暮，大才子后来也很富有，快五十岁时，有了娶妾的需求，都找好了茂陵人之女。才女卓文君自然内心有醋力涌动，却没有一哭二闹三上吊，也没有打或抓相公的脸，而是写了一首《白头吟》，有智慧，有立场，诗云：

皑如山上雪，皎若云间月。闻君有两意，故来相决绝。今日斗酒会，明旦沟水头。躞蹀御沟上，沟水东西流。凄凄复凄凄，嫁娶不须啼。愿得一心人，白头不相离。竹竿何袅袅，鱼尾何簁簁！男儿重意气，何用钱刀为！

司马相如看后羞愧不已，当即打消了娶妾的念头，回心转意，两人白头偕老。

宋元书画家赵孟頫的妻子叫管道昇，也精于书画，夫唱妇随，感情很好。还是上面说的，美人总要迟暮，赵孟頫那颗艺术家的心却不肯服老，何况官当得越来越顺，就想要纳妾了。他对妻子说："王羲之有桃叶和桃根两个小妾，苏东坡也有朝云和暮云两个小妾，我便多娶几个吴姬越女也不过分吧？"

管道昇同样没有任由醋力发作，她写了一首《我侬词》，有智慧，有立场，词云：

你侬我侬，忒煞情多，情多处，热似火。把一块泥，捻一个你，塑一个我，将咱两个一起打破，用水调和，再捻一个你，再塑一个我，我泥中有你，你泥中有我。与你生同一个衾，死同一个椁。

哪个男的看了这样的词能不感动呢？赵孟頫也就打消了娶妾的念头，回心转意，两人白头偕老。

这才是化解醋力的正确方法啊，可惜，能如此做的人实在是少，大多数人难以抑制醋力的岩浆喷发，从而两败甚至三败俱伤。如今，能在微博发个"且行且珍惜"之类的，已经算很难得了，虽然很有些对不起吃瓜群众的热情。

以茶代酒，何如？

古语云："早起开门七件事，柴米油盐酱醋茶。"可见古人把茶当作了生活的必需。怎会没酒呢？网上一查，果然，在南宋吴自牧的《梦粱录》中提到的是开门八件事，其中赫然有酒。这民间所谓开门七件事，是从元杂剧开始流传的。

两宋虽屡被北国铁骑欺凌，但文治鼎盛，经济繁荣，社会宽松，生活质量很高，酒与茶，在文人和老百姓，一个都不能少。而到了蒙元，大部分时间都实行酒禁，宋人也成了最低阶层，留个茶就不错了。

说起封建社会的禁令，可谓名目繁多，禁书禁言禁海禁酒，不一而足，就是没听说过禁茶。

酒的问世及流行要早于茶两三千年。世界这么大，文明如此多，但不约而同地，每个文明在早期都发明了酒，且十分巧合地，每个文明都有祭司之类人，用酒做媒介与神灵沟通。祭司充当人与上天沟通的桥梁，地位很高，可想而知，那时的酒可不是普通人随便能喝、喝得起的。粮食有余，统治阶级酿成酒来享乐，那种飘飘欲仙的感觉令人上瘾。

大禹感受过酒的这种魅力，也知道它的害处，所以他说：“后世必有以酒亡其国者。”（《战国策·魏策》）果然，亡国之君夏桀与商纣王就造了酒池肉林，酒池之大据说可供三千人同时饮酒。所以西周建国之初，周公就发布《酒诰》，宣布除了祭祀，其他场合严格控制饮酒，聚众饮酒者杀头。与后来各朝禁酒的情形类似，禁令并未起到多大作用，因为皇族自己先忍不住要喝，风气一开，就都别禁了。

各个文明都固守着自己的酒文化，各有所长，不太容易被同化。各个文明因所处地域不同农作物和经济作物各异，一方水土养一方人，口味很难改变，你喝你的白兰地，他喝他的伏特加，我喝我的五粮液，酒是自己的香。谁能想到略带苦味的茶饮，竟以无可置疑的优势传遍四方，无论寒带或热带，无论肤色，都拜服在茶的无穷魅力之下。茶成了全世界最受欢迎的饮品，无论经济收入还是文化输出，都相当成功。英国尤其好茶，下午茶时间成为定规。进口茶导致其白银大量流入中国，英国人又戒不掉，就从武夷山雇了中国茶师去印度和锡兰种植茶树，为弥补贸易逆差，把在印度种植的鸦片走私到中国。前者让中国失去了第一大茶叶出口国的地位，后者导致了鸦片战争。

酒是粮食精，好是好，但须饮之有度。而茶不然，吸取天地之精华的茶树叶，有益无害。汉唐时期，遇灾害岁饥，是会下禁酒令的，而茶固然采制诸多辛劳，还不至于遗祸，也不会被禁。茶的历史不算悠久，或许因为茶产于南方，而南方特别是西南茶的原乡开发较晚，那里古时是瘴疠之地，人皆畏之，还不知道云雾缭绕的原始丛林里，微生物菌群正慢慢发酵，古老的茶树将焕发出绝世的光彩。

没人知道茶是怎么被发现的。陆羽之前，茶极少见诸史册。第一个采茶的人，他怎么会想到将树叶泡到水里呢，喝下第一口后又发出了怎样的感叹？这些都无从得知。西汉时期在西南的四川等地，开始有人采茶、卖茶，但茶限于在小范围的流传。创建茶道，人们品茶作诗，要到中唐茶圣陆羽的时代才开始。

一个被僧人收养的孤儿，一辈子不愿意做官，在大唐盛世隐居起来，研究默默无闻的茶，撰写《茶经》，以一介布衣将茶提高到堪与酒抗衡的地位，这就是陆羽的传奇。连皇帝都喜欢喝茶了，设立了专门贡茶的官员。陆羽之后，中唐另一位嗜茶的布衣隐士卢仝，以诗将茶的地位进一步提升，被称为“茶仙”。宰相王涯征茶税引起民愤，他赶去劝说，遭逢甘露之变宦官反扑朝官，王涯被牵连灭族，卢仝仅因在王家留宿而枉死。

陆羽、卢仝们的努力没有白费，中唐的诗人们加入了进来，诗坛泰斗白居易和元稹写了很多饮茶诗，文人饮茶成了风尚。饮茶至宋更为流行，曾经昂贵的茶也进入寻常百姓家了。苏轼好酒，也爱茶，他说饮了茶，“两腋清风起，我欲上蓬莱”。当然，也有人说《水调歌头·咏茶》这首词是葛长庚之作。日本自宋朝引进茶，元朝后宋人茶道不传，日本将之继承下来并发展。

茗茶虽好，诗人们最喜欢的恐怕还是醇酒。对于艺术，似乎酒精的效力要大于茶多酚，通过饮酒甚至醉酒而获得自由状态，往往艺术创造力惊人。酒代表着热烈、奔放、狂欢，是自由意志的张扬。杜甫写李白：“李白斗酒诗百篇”，“自称臣是酒中仙”（《饮中八仙歌》）。杜甫写自己：“醉里从为客，诗成觉有神。”（《独酌成诗》）苏轼说：“俯仰各有态，得酒诗自成。”（《和陶饮酒二十首》其三）杨万里道：“一杯未尽诗已成，诵诗向天天亦惊。”（《重九后二日同徐克章登万花川谷月下传觞》）与西方“酒神精神”也相通。

茶提神醒脑，沏茶、品茶则让时间慢了下来，有助于思考，与西方讲求原则、理性和秩序的“日神精神”也不谋而合。茶安静，酒喧闹。再说了，豪情万丈的浪漫艺术家毕竟是少数，大部分人喝酒并不是为了寻求灵感。

酒给平凡的生活增色，增进感情，深化体验。可一旦过度，就会带来危险、导致悲剧。

有个朋友，喝酒必烂醉才痛快，每次都得让人架着送回家，友人不堪其累，遂不愿再与他喝酒。还有人喝高了不顾场合，自顾自说个不停，大家不堪其扰，有一次，有人忍无可忍，站起来摔了杯子，搞得气氛极为尴尬。我是一个平和之人，不适应酒桌上那种大起大落、大开大合，也总跟不上酒场的诸多规矩，且自己酒量不佳，更不喜欢被人逼酒以至喝醉。

我喜欢的毋宁说是高朋满座、妙语连珠的场合。可能正是这个原因，有朋友曾说我文章如白开水，温暾而少味。近年来，才有人说我的文章有了一点后味，莫非是我懂得点品茶之后潜移默化的结果？那么，朋友，让我以茶代酒，何如？